Льюис Кэрролл

ПРИКЛЮЧЕНИЯ АЛИСЫ В СТРАНЕ ЧУДЕС

Иллюстрации
Джона Тенниела

Льюис Кэрролл. Приключения Алисы в Стране чудес

На основе перевода Александры Рождественской, 1911
Иллюстрации Джона Тенниела, 1865

ISBN 978-1-909115-18-7
Издательство The Planet, 2013

www.the-planet-books.com

Оглавление

Предисловие

История о том, как однажды в летний день маленькая девочка Алиса, побежав за белым кроликом, неожиданно оказалась в волшебной стране, продолжает увлекать читателей уже почти полтора века. По мнению многих критиков, «Приключения Алисы в Стране чудес» — одно из остроумнейших произведений мировой детской литературы. Возможно, этим и объясняется, что книга очень быстро стала популярной не только в Англии, но и во всём мире; в настоящее время она переведена на 125 языков. Повесть была написана в 1864 году Чарльзом Лютвиджем Доджсоном — английским писателем, поэтом, математиком, философом и проповедником.

История создания этой книги весьма занимательна.

В июле 1862 года Чарльз Доджсон плыл по Темзе на лодке вместе со своим другом в обществе дочерей вице-канцлера Оксфордского университета Генри Лидделла: тринадцатилетней Лорины, десятилетней Алисы и восьмилетней Эдит. Во время прогулки девочки стали упрашивать Доджсона рассказать им какую-нибудь интересную и весёлую историю. Сказка, придуманная Доджсоном, очень понравилась сёстрам Лидделл, и одна из них, Алиса, упросила его записать её.

26 ноября 1864 года Доджсон подарил Алисе Лидделл свою работу под названием «Приключения Алисы под землёй», с подзаголовком «Рождественский подарок дорогой девочке в память о летнем дне». А ещё через год, в 1865 году, состоялась первая публикация «Приключений Алисы в Стране чудес». При публикации Доджсон взял себе псевдоним — Льюис Кэрролл, и долгое время мало кто знал, кто истинный автор «Приключений». Сам Доджсон скрывал своё авторство, а когда к нему обращались с вопросами по этому поводу, утверждал, что сказку написал его приятель Кэрролл — большой чудак, прячущийся от людей. Однако долго это оставаться тайной не могло. Прошло несколько лет, и все уже знали, что именно сам Доджсон и есть тот «приятель-чудак».

В числе лиц, заинтересовавшихся «Приключениями Алисы», была и королева Виктория. Заметив, как восторгаются её дети сказкой об Алисе, королева пожелала иметь все остальные произведения этого автора. Каково же было её изумление, когда ей доставили целую кипу учёных сочинений по математике! Королева была весьма удивлена тем, что серьёзный проповедник и математик смог написать такую забавную книгу для детей. «Вам никто не помогал в работе над вашей сказкой?» — спросила она однажды Кэрролла. — «Ваше Величество, у меня были две помощницы, — ответил он. — Одна из них — фея Фантазия, а другая — любовь к детям. И если мой труд имеет успех, то лишь благодаря им».

Льюис Кэрролл, автопортрет, 1856

Первое издание книги было проиллюстрировано Джоном Тенниелом. Кэрролл и Тенниел обсуждали каждый рисунок, и в результате этого сотрудничества появились 42 чёрно-белые иллюстрации, которые на сегодняшний день считаются каноническими. В 1889 году, в связи с выходом в свет книги “The Nursery “Alice”, Тенниел слегка изменил несколько своих рисунков и сделал их цветными.

В данное издание вошли как чёрно-белые, так и цветные иллюстрации Джона Тенниела, а в основу текста лёг перевод 1911 года Александры Николаевны Рождественской.

От издательства
(Использованы выдержки из предисловия к изданию 1911 года товарищества «М.О. Вольф»)

По солнцем залитой реке
Скользим мы летним днём.
Ручонки детские едва
Справляются с веслом,
И плохо слушается руль...
Куда мы заплывём?

Ах, бессердечные! Зачем
В ленивый душный час
Вы заставляете меня
Вам сочинять рассказ?
Но разве выстоишь один,
Коль требуют три враз!

Велит мне Прима начинать,
Кивнув высокомерно,
Секунда просит — небылиц
Добавить непременно,
А Терция перебивает всех
В минуту раз примерно.

Неспешно полился рассказ
В наставшей тишине.
Дитя фантазии бредёт
По сказочной стране...
И верят слушатели мне,
Хотя и не вполне.

Огонь фантазии иссяк,
Померк волшебный свет.
— Я сказку доскажу потом:
Сегодня сил уж нет.
— Твоё «потом» уже пришло! —
Смеются мне в ответ.

Так родилась Страна чудес
Июльским тёплым днём,
Картин волшебных череда
Промчалась лёгким сном.
Плывёт домой наш экипаж
В закате золотом.

Алиса! Сказку детских лет
Храни средь суеты,
Пусть нежно в памяти венок
Вплетутся твои сны, —
Так пилигрим хранит цветы
Далёкой стороны.

I. В кроличьей норе

Алисе надоело сидеть рядом с сестрой на берегу реки и ничего не делать. Пару раз она заглянула украдкой в книгу, которую читала сестра, но там не было ни разговоров, ни картинок.

«И какой толк в книжке, — подумала Алиса, — если в ней нет ни картинок, ни разговоров?»

Потом она стала размышлять (насколько это было возможно в столь невыносимо жаркий день, когда чувствуешь себя сонной и утомлённой), стоит ли встать и пойти за маргаритками, чтобы сплести венок.

Вдруг Белый Кролик с розовыми глазками пробежал мимо неё.

Конечно, в этом не было ничего особенного. Не удивилась Алиса даже тогда, когда Кролик пробормотал:

— Ах, батюшки, я опаздываю!

Вспоминая об этом позже, Алиса не могла объяснить, почему она не удивилась, услышав, что Кролик заговорил. Но тогда это не показалось ей странным.

Однако когда Кролик вынул из жилетного кармана часы и, взглянув на них, побежал дальше, Алиса вскочила, сообразив, что ей ещё ни разу в жизни не доводилось видеть кролика в жилете, да ещё и с часами. Сгорая от любопытства, она бросилась вдогонку и едва успела заметить, что он нырнул в большую нору под живой изгородью.

В то же мгновение Алиса нырнула следом, даже не подумав о том, как выберется обратно.

Кроличья нора сначала шла прямо и была похожа на тёмную пещеру, но потом она так неожиданно оборвалась вниз, что, не успев опомниться, Алиса провалилась, словно в глубокий колодец.

И то ли колодец был слишком глубок, то ли падала Алиса слишком медленно, но у неё было достаточно времени, чтобы начать осматриваться и раздумывать о том, что же будет дальше.

Сначала она посмотрела вниз, чтобы понять, куда падает, но там было слишком темно и ничего не видно. Тогда она оглянулась по сторонам и обнаружила, что стены колодца уставлены шкафами и книжными полками, а кое-где висят карты и картины. Пролетая мимо одной из полок, Алиса схватила стоявшую там банку. На ней был ярлычок с надписью: «АПЕЛЬСИНОВЫЙ МАРМЕЛАД». Однако к величайшему огорчению Алисы, банка была пуста. Сначала Алиса хотела её выбросить, но испугавшись, что банка может упасть кому-нибудь на голову, прямо на лету ухитрилась поставить её на другую полку.

«После такого падения, — думала Алиса, — мне не страшно будет и с лестницы скатиться. И дома меня, наверное, все будут считать очень смелой. Я теперь и не пикну, даже если свалюсь с высокой-превысокой крыши». (Вполне возможно, что здесь она была права.)

Алиса всё падала и падала.

«Неужели этому не будет конца? — подумала она. — Хотелось бы знать, сколько миль я успела пролететь за это время?»

— Я, — прибавила она вслух, — должно быть уже приближаюсь к центру Земли. А это будет... гм... вроде бы четыре тысячи миль вниз...

(Видите ли, Алиса уже выучила кое-что по этой теме во время уроков. И хотя сейчас было совсем неподходящее время демонстрировать свои знания, да и не перед кем было ими хвалиться, но всё-таки не мешало освежить их в памяти и повторить пройденное.)

— Да, до центра Земли четыре тысячи миль. А интересно, под какой же я теперь широтой и долготой?

(Алиса не имела ни малейшего понятия о широте и долготе, но ей нравилось произносить подобные слова. Ведь они звучали так внушительно!)

— А может быть, я пролечу через весь земной шар насквозь! — продолжала она. — Как смешно будет увидеть людей, которые ходят вниз головами! Их, кажется, называют анти... патиями.

Тут Алиса немножко запнулась. Она чувствовала, что этих людей называют не антипатиями, а как-то по-другому, поэтому в глубине души даже порадовалась, что у неё нет слушателей.

— Я спрошу у них, в какую страну я попала. «Скажите, пожалуйста, сударыня, это Новая Зеландия или Австралия?» — обращусь я к какой-нибудь даме.

Алиса даже захотела присесть в реверансе, но это было ужасно трудно сделать, падая с огромной высоты.

— Только она, пожалуй, сочтёт меня глупой, необразованной девочкой! Нет уж, лучше не спрашивать. Может, я найду где-нибудь указатель.

А она всё падала и падала... От нечего делать Алиса снова принялась говорить.

— Думаю, Дина будет очень скучать без меня сегодня вечером!

(Диной звали её кошку.)

— Я надеюсь, ей не забудут налить молока в блюдечко. Дина, милая моя Дина, если бы ты была здесь со мной! Правда, здесь нет мышей, но ты могла бы поймать летучую мышь, а это почти то же самое. А вот интересно, едят ли кошки летучих мышек?

Тут Алиса почувствовала, что глаза у неё слипаются, но она продолжала бормотать сквозь сон: «Едят ли кошки летучих мышек? Едят ли кошки летучих мышек?» А иногда у неё выходило: «Едят ли мышки летучих кошек?» Поскольку ответа на вопрос она не знала, то ей было всё равно, как его задавать.

Вскоре Алиса совсем уснула, и ей привиделось, что она идёт с Диной под ручку и говорит ей очень внушительно: «Теперь, Дина, скажи мне правду: ела ли ты когда-нибудь летучих мышей?»

Но вдруг — ба-бах! — Алиса упала на кучу сухих листьев, и падение наконец закончилось.

Она ничуть не ушиблась и тут же вскочила на ноги. Взглянула вверх, но там было темно. Прямо перед ней тянулся длинный проход, в конце которого она заметила Белого Кролика.

Нельзя было терять ни минуты. Алиса понеслась за ним, как ветер, и услышала, как он, поворачивая за угол, снова произнёс: «Ах, мои ушки и усики! Как же я опаздываю!»

Алиса была совсем близко от него и тоже повернула за угол, но, к её удивлению, Кролика там не оказалось.

Алиса очутилась в длинном низком зале, освещённом целым рядом ламп, свисавших с потолка. Тут было множество дверей, но все они оказались заперты. Она обошла весь зал кругом, безуспешно пытаясь открыть каждую из дверей, и, в конце концов, направилась к центру зала, с грустью размышляя, как же ей отсюда выбраться.

Вдруг она увидела стеклянный столик на трёх ножках, на котором лежал маленький золотой ключ. Ей тотчас же пришло в голову, что им можно отпереть какую-нибудь из дверей. К сожалению, ключ не подошёл ни к одной из них: то ли замочные скважины были слишком велики, то ли ключ слишком мал.

Обходя зал во второй раз, Алиса обратила внимание на портьеру, которую не заметила раньше. Приподняв её, она увидела низенькую, около пятнадцати дюймов высотой, дверку. Алиса попробовала вложить ключ в замочную скважину и, к её величайшему восторгу, он в точности подошёл!

Она отворила дверь и обнаружила за ней узкий, размером не больше крысиной норы, проход, из которого струился яркий солнечный свет. Алиса встала на колени, заглянула туда и увидела самый чудесный сад, какой только можно себе представить. Ах, как хорошо было бы пойти туда и погулять между фонтанов и клумб с яркими цветами! Но Алиса не могла просунуть туда даже голову.

«Да и что толку, если бы голова прошла? — подумала Алиса. — Всё равно плечи бы не влезли, а на что годится голова без плеч? Как бы я хотела уметь складываться как подзорная труба! Может, я сумела бы это сделать, если б только знала, с чего начать».

Видите ли, в этот день столько всего необычного случилось с Алисой, что ей уже ничто не казалось невозможным.

Не было никакого смысла и дальше оставаться у маленькой двери, и Алиса отправилась обратно к столику, отчасти надеясь обнаружить там ещё один ключ или хотя бы руководство, как можно сложиться наподобие подзорной трубы. Однако на этот раз Алиса увидела на столе пузырёк, которого (она была совершенно уверена!) раньше там не было. На бумажке, привязанной к пузырьку, было выведено красивыми печатными буквами: «ВЫПЕЙ МЕНЯ».

Надпись звучала заманчиво, но Алиса, как девочка умная, не хотела торопиться и поступать необдуманно. «Сначала посмотрю, — решила она, — не написано ли на пузырьке „Яд“». Она слышала много премилых историй про детей: то они получали смертельные ожоги и умирали, то их съедали дикие звери, то случалось ещё что-то, столь же неприятное. А всё почему? Да только потому, что они поступали необдуманно и забывали, что́ им говорили папа с мамой. Например, что о раскалённую кочергу можно сильно обжечься; а если порежешь палец ножом, то пойдёт кровь. Но Алиса была здравомыслящей девочкой. Она знала, что не следует пить из пузырька, на котором написано „Яд“, потому что от этого рано или поздно почувствуешь, что тебе нездоровится.

Однако на пузырьке не было надписи „Яд“, и Алиса решила попробовать содержимое на вкус. Напиток оказался очень приятным и напоминал одновременно пирог с вишнями, жареную картошку, печенье, ананас и поджаренные тартинки с маслом, и Алиса выпила всё до капельки.

— Как странно! — воскликнула она. — Мне кажется, я складываюсь как подзорная труба!

Так оно и было: Алиса сделалась совсем крошкой, всего десяти дюймов высотой. Лицо её просияло при мысли, что теперь можно будет пройти в маленькую дверцу и погулять в чудном саду. Однако сначала Алиса постояла немного, чтобы узнать, не станет ли она ещё меньше. Это слегка её беспокоило.

«Ведь может случиться, — думала Алиса, — что я буду делаться всё меньше и меньше, как сгорающая свеча. На что же тогда я буду похожа?» И она постаралась представить себе, каков будет огонь, когда свеча догорит и потухнет, но не смогла припомнить, чтобы хоть раз видела такой огонь.

Через некоторое время, убедившись, что больше не уменьшается, Алиса решила поскорее отправиться в сад. Бедная Алиса! Подойдя к дверце, она вспомнила, что не взяла с собой золотой ключик. А когда она пошла за ним к столу, то поняла, что не может дотянуться до него. Она ясно видела ключ сквозь стекло и попробовала добраться до него, вскарабкавшись по ножке стола, но это ей не удалось: ножка была слишком скользкая. Алиса пробовала взбираться раз за разом, но всё неудачно. Наконец, совсем выбившись из сил, бедная девочка села на пол и заплакала.

— Ну, полно плакать! — строго сказала она себе чуть позже. — Слезами горю не поможешь! Советую тебе сейчас же перестать!

Алиса часто давала себе очень разумные советы, но довольно редко следовала им. Иногда она делала себе такие строгие выговоры, что у неё даже слёзы наворачивались на глаза. А как-то раз она отодрала себя за уши за то, что сплутовала, играя в крокет сама с собой. Эта странная девочка очень любила воображать, что в ней живут два человека.

«Но теперь не стоит представлять, что во мне два человека… — думала бедная Алиса. — От меня осталось так мало, что и на одну девочку едва хватает».

Вдруг она заметила маленькую стеклянную коробочку, лежавшую под столом. В ней оказался пирожок, на котором было красиво выложено ягодами смородины: «СЪЕШЬ МЕНЯ».

«Отлично! Я попробую съесть этот пирожок, — подумала Алиса. — Если я сделаюсь больше, то достану ключ, а если стану меньше, то пролезу под дверью. Во всех случаях мне удастся попасть в сад!»

Она откусила маленький кусочек и приложила руку к голове, чтобы понять, растёт она или уменьшается.

— Вверх или вниз? Вверх или вниз?

К её величайшему удивлению, она не росла и не уменьшалась. Так, положим, всегда и бывает, когда ешь пирожок, но Алиса уже настолько привыкла ожидать чего-то необыкновенного, что всё обычное казалось ей теперь скучным и глупым.

Она откусила ещё кусочек, потом ещё и быстро съела весь пирожок.

II. Море слёз

— Всё страньше да страньше! — воскликнула Алиса. От удивления она даже забыла, как нужно правильно говорить. — Я начинаю раздвигаться, как огромная, самая огромная подзорная труба! Прощайте, ноги!

Когда она посмотрела вниз, ей показалось, что ноги её вот-вот скроются из виду.

— Мои бедные маленькие ножки! Кто же будет теперь надевать на вас чулки и башмаки? Я буду слишком далеко, чтобы о вас заботиться. Так что устраивайтесь сами... Но я должна быть добра к ним, — задумчиво добавила она, — а то они, пожалуй, не захотят идти туда, куда мне нужно. Что бы мне сделать для них? Да вот что — я буду покупать им новую пару туфелек к каждому Рождеству!

И Алиса стала раздумывать, как бы устроить это.

«Туфли придётся присылать с посыльным, — думала она. — Как смешно

будет делать подарки своим собственным ногам! И так странно будет надписывать:

„Милостивой государыне правой ноге Алисы.
Посылаю Вам каминный коврик, чтобы Вам было теплее.

Сердечный привет от Алисы!“»

— Ну что за нелепицу я несу!

Тут Алиса стукнулась головой о потолок, так как выросла чуть ли не до девяти футов. Вспомнив, что собиралась идти в сад, она схватила золотой ключик и побежала ко входу.

Бедная Алиса! Разве могла она теперь пройти в ту маленькую дверцу?! Она могла только посмотреть на сад одним глазком, лёжа на боку. При этой новой неудаче Алиса снова села на пол и заплакала.

— Как тебе не стыдно! — через некоторое время воскликнула она. — Такая большая девочка — и плачет! Перестань сию же минуту, слышишь!

Но перестать плакать было не так-то просто. Слёзы ручьями лились у неё из глаз, и скоро вокруг образовалась такая огромная лужа, что покрыла собой чуть ли не половину пола.

Вдруг вдали послышались быстрые лёгкие шаги — они приближались к Алисе. Она торопливо вытерла глаза, чтобы посмотреть, кто идёт. Это был Белый Кролик, разодетый в пух и прах, с парой белых лайковых перчаток в одной руке и с большим веером в другой. Он очень торопился и бормотал себе под нос:

— Ах, Герцогиня, Герцогиня! Она страшно рассердится на меня за то, что я заставил её дожидаться.

Алиса пребывала в таком отчаянии, что готова была обратиться за помощью к любому. Поэтому, когда Кролик подошёл ближе, она тихо и робко прошептала:

— Прошу вас, господин Кролик...

Но она не успела договорить. Кролик задрожал всем телом, выронил свои лайковые перчатки и веер и, бросившись в сторону, скрылся в темноте.

Алиса подняла упавшие вещи и стала обмахиваться веером, потому что в комнате было очень жарко.

— Боже мой, какие удивительные вещи происходят сегодня! — сказала она. — А вчера всё было так обыкновенно. Не изменилась ли я сама за ночь? Постараюсь-ка вспомнить. Была ли я такой, как всегда, когда проснулась сегодня утром? Мне

кажется, я была немножко другой. Так кто же я теперь? Вот в чём загадка...

И Алиса стала припоминать всех знакомых девочек, чтобы решить, в которую из них она превратилась.

— Я точно не Ада, — решила она. — У неё длинные вьющиеся волосы, а мои совсем не вьются. И уж наверняка я не Мэйбл, потому что я уже выучилась многому, а она не знает почти ничего. К тому же ведь Мэйбл — это Мэйбл, а я — это я. Господи, как всё это странно и непонятно! Надо проверить, знаю ли я теперь то, что знала раньше... Четырежды пять — двенадцать, четырежды шесть — тринадцать, четырежды семь... Нет, так я никогда не дойду до двадцати! Ну ладно, таблица умножения — это совсем неважно. Лучше попробую географию. Лондон — столица Парижа, Париж — столица Рима, Рим... Нет, что-то тут не так! Наверное, я стала Мэйбл. Прочту-ка я стишок про крокодильчика.

Алиса сложила руки, как делала всегда, отвечая урок, и начала читать стихи. Но голос у неё был какой-то хриплый и слова выговаривались какие-то другие:

Малютка-крокодил в волнах
Хвост золотой купает,
И в ярких солнечных лучах
Им плещет и играет.
Малютка-крокодил, резвясь,
И мило так, когтями,
Пленяет рыбок и, смеясь,
Глотает их с хвостами!

— Нет, я и тут что-то напутала! — воскликнула Алиса, и у бедняжки на глаза опять навернулись слёзы. — Должно быть, я стала Мэйбл, и мне придётся жить в тесном неуютном домике и у меня не будет моих игрушек. И я должна буду учить много, много уроков!.. Нет, я решила: если я Мэйбл, я останусь здесь, под землёй. Если кто-нибудь просунет голову сверху и скажет: «Иди сюда, милочка!» — я только посмотрю наверх и спрошу: «А кто я? Сначала скажите мне это». И если мне понравится быть тем, кем я сделалась, я выйду наверх. А если нет — то останусь здесь! До тех пор, пока не сделаюсь кем-нибудь другим... Но как бы мне хотелось, — воскликнула Алиса, и слёзы вновь хлынули у неё из глаз, — как бы мне хотелось, чтобы кто-нибудь заглянул сюда вниз! Мне так наскучило быть здесь совсем одной!

Алиса опустила глаза и, к своему удивлению, увидела, что надела на руку маленькую перчатку Кролика. «Должно быть, я опять стала маленькой», — подумала она и, вскочив, подошла к столу, чтобы измерить свой рост.

Да, она стала гораздо, гораздо ниже: теперь она была всего около двух футов ростом и с каждой минутой становилась всё меньше и меньше. Алиса догадалась, отчего это происходит: она обмахивается веером Кролика. Она быстро его бросила, и как раз вовремя, а то от неё не осталось бы и следа.

— Я еле-еле спаслась! — воскликнула Алиса, очень довольная, что всё кончилось благополучно. — Ну а теперь в сад!

И побежала к маленькой дверце. Но дверца опять была заперта, а золотой ключик снова лежал на стеклянном столе.

«Неудачи одна за другой! — подумала бедная девочка. — Такой маленькой я ещё никогда не была. Это так неприятно, так ужасно... Хуже не бывает!»

Тут она поскользнулась и — бултых! — очутилась по самую шею в солёной воде. Алиса решила, что упала в море. «Ну раз так, — подумала она, — я могу вернуться домой на пароходе».

Алиса была на морском побережье только раз в жизни и думала, что все морские берега одинаковы. На отмели дети копают деревянными лопатками песок, поодаль тянется ряд домов, а у берега стоят пароходы. Однако скоро Алиса поняла, что попала не в море, а в лужу, которую сама же наплакала, пока была огромного роста.

«Ах, зачем я так долго плакала! — сокрушалась Алиса, не зная, куда ей плыть, чтобы выбраться. — Пожалуй, кончится тем, что я утону в своих собственных слезах! Как странно это будет! Впрочем, сегодня всё странно...»

Вдруг недалеко послышался плеск, и она поплыла в ту сторону, чтобы посмотреть, кто это там плещется. В первую минуту ей показалось, что это морж или бегемот, но потом она вспомнила, какой стала крошечной, и поняла, что это всего лишь мышка, которая, видимо, тоже нечаянно упала в воду.

«А что если заговорить с этой мышкой? — подумала Алиса. — Здесь всё такое необыкновенное, что, может быть, и она умеет разговаривать? В любом случае, ничего плохого не случится, если я попробую».

— О Мышь, не знаете ли вы, куда нужно плыть, чтобы выбраться из этой лужи? — спросила она. — Я очень устала плавать, о Мышь!

Алиса подумала, что именно так нужно обращаться к Мыши. Она никогда раньше не разговаривала с мышами, но вспомнила, что видела у своего брата в учебнике по латинской грамматике:

Именительный — Мышь,
Родительный — Мыши,
Дательный — Мыши,
Винительный — Мышь,
Звательный — О Мышь!

Мышь пытливо взглянула на неё и как будто прищурила один глаз, но ничего не ответила.

«Должно быть, она не понимает по-английски, — решила Алиса. — Может быть, это французская мышка, прибывшая с Вильгельмом Завоевателем?» (Честно говоря, Алиса не особенно хорошо представляла себе, что и когда происходило.)

Она попробовала снова:

— Où est ma chatte? — сказала она первую фразу из своего французского учебника.

Мышь подпрыгнула и задрожала от страха. Потому что по-французски это означало: «Где моя кошка?»

— О, простите меня, пожалуйста! — поспешно проговорила Алиса, сожалея, что так напугала бедную Мышь. — Я забыла, что вы не любите кошек.

— Не люблю кошек?! — с дрожью в голосе воскликнула Мышь. — А любили бы вы их на моём месте?

— Должно быть, нет, — кротко ответила Алиса. — Пожалуйста, не сердитесь. А мне всё-таки очень хотелось бы показать вам нашу кошку Дину. Вы, я думаю, полюбили бы кошек, если бы увидели её. Она такая хорошенькая! А как мило она мурлычет, когда сидит возле огня, лижет себе лапки и умывает мордочку. Я очень люблю держать её на руках. И она молодчина: здорово ловит мышей... — Ах, пожалуйста, простите! — снова воскликнула Алиса, видя, что от обиды и страха шерсть у Мыши поднялась дыбом. — Мы не будем больше говорить о ней!

— Мы! — воскликнула Мышь, дрожа до самого кончика хвоста. — Как будто я стану говорить про такие вещи! Всё наше племя ненавидит кошек — этих мерзких, грубых животных! Больше не произносите при мне этого слова!

— Не буду, — ответила Алиса.

И, спеша поскорее переменить тему, спросила:

— А любите ли вы собак?

Мышь в ответ не проронила ни слова, и Алиса снова заговорила:

— Возле нашего дома живёт такая миленькая собачка. Мне очень бы хотелось показать её вам. У неё хорошенькие блестящие глазки и длинная кучерявая шерсть. Если бросишь ей палку, она поднимет её и принесёт вам, а потом сядет на задние лапки и просит, чтобы ей дали что-нибудь вкусненькое. Это собачка фермера, и он говорит, что ей просто цены нет и что не продаст её ни за какие деньги. А как отлично она убивает крыс и мы... Ах, господи, я опять напугала её! — жалобно воскликнула Алиса, видя, что Мышь торопливо поплыла прочь, так сильно загребая лапками, что волны пошли по воде.

— Милая Мышка! — ласково позвала её Алиса. — Пожалуйста, вернитесь! Мы не будем больше говорить ни про кошек, ни про собак, раз вы не любите их.

Услышав это, Мышь повернула и медленно поплыла назад. Мордочка у неё побледнела («Потому что она очень рассердилась», — подумала Алиса).

— Поплывём к берегу, — чуть слышно, с дрожью в голосе, проговорила Мышь. — Там я расскажу вам свою историю, и вы поймёте, за что я ненавижу кошек и собак.

И правда, пора было плыть к берегу: вокруг становилось тесно от множества животных и птиц, случайно попавших в воду. Тут были Утка, Додо, Попугай Лори, Орлёнок и много других. Алиса поплыла вперёд, а за ней и все остальные.

III. Гонки по кругу и сухая история

Странное общество собралось на берегу: птицы с взъерошенными перьями, животные с промокшей насквозь шёрсткой. Все вымокли, замёрзли, и всем было очень неуютно.

Первым делом нужно было подумать о том, как бы обсушиться. Все стали бурно обсуждать, что же предпринять. Алиса тоже принимала участие в разговоре и общалась со всеми так запросто, словно знала их всю жизнь. И это вовсе не казалось ей странным. Она долго спорила с Лори, райским попугайчиком, который под конец нахмурился и сказал: «Я старше тебя и потому знаю больше». Но Алиса не могла согласиться с этим утверждением — до тех пор, пока не узнает точно, сколько же ему лет. Однако Лори решительным образом отказывался назвать свои годы. Ну и о чём с ним было говорить после этого?!

Наконец Мышь, которая, по-видимому, пользовалась уважением в этом обществе, крикнула:

— Сядьте и слушайте меня! Я вмиг вас высушу!

Все тотчас же сели в круг, а Мышь разместилась посередине. Алиса с надеждой не отрывала от неё глаз: она боялась, что может простудиться, если её платье не просохнет.

— Гм! — важно сказала Мышь. — Уселись? Вы сразу высохнете от моего рассказа, так как более сухой истории я не знаю. Попрошу вас молчать и сидеть как можно тише. Итак... «Вильгельм Завоеватель имел большую поддержку у Папы Римского. Папа принял его сторону, и Вильгельм мог предложить свои услуги Англии. Предложение его было принято, так как англичане сильно нуждались в полководцах. Он же привык к завоеваниям и победам. Эдвин и Моркар, графы Мерсии и Нортумбрии...»

— Уф! — вздрогнув, сказал Лори.

— Извините, — Мышь нахмурилась, но тем не менее спросила очень вежливо: — Что вы изволили сказать?

— Ровно ничего! — ответил Лори поспешно.

— Значит, я ошиблась: мне показалось, что вы что-то сказали, — заметила Мышь. — Итак, я продолжаю. «Эдвин и Моркар, графы Мерсии и Нортумбрии, объявили себя на стороне Вильгельма, и даже Стиганд, архиепископ Кентерберийский, известный патриот, нашёл это благоразумным».

— Нашёл *что*? — спросила Утка.

— Нашёл *это*, — сказала Мышь раздражённым голосом. — Вы, конечно, поняли, что значит «это».

— Я отлично понимаю, что значит «это», когда сама что-нибудь нахожу, — заметила Утка. — Это обыкновенно улитка или червяк. Но, спрашивается, что нашёл архиепископ?

Мышь проигнорировала этот вопрос и поспешно продолжила: «...Нашёл это благоразумным и сам отправился с Эдгаром Этелингом навстречу Вильгельму Завоевателю и предложил ему корону. Вильгельм вёл себя сначала очень скромно, но дерзость нормандцев...»

— Ну, как вы себя теперь чувствуете, душенька? — прибавила Мышь, неожиданно обратившись к Алисе.

— Я всё такая же мокрая, — грустно ответила Алиса, — и ни капельки не высохла. Ваша сухая история не помогает.

— В таком случае, — торжественно проговорил Додо, вскочив с места, — предлагаю собранию принять более радикальные меры и... отложить заседание.

— Говори понятнее! — прервал его Орлёнок. — Я не понимаю и половины твоих учёных слов. Думаю, что и сам ты не понимаешь их, — прибавил он и отвернулся, чтобы скрыть улыбку. Птицы захихикали.

— Я хотел сказать, — обиженно проговорил Додо, — что мы просохнем скорее, если устроим гонки по кругу.

— Что такое гонки по кругу? — спросила Алиса.

(Думаю, что вы тоже захотите как-нибудь зимой сыграть в эту игру. Поэтому я расскажу вам, как всё устроил Додо.)

Он выбрал подходящее место и нарисовал круг, правда, не особенно ровный (Додо объяснил, что форма не имеет значения). Так как команды «раз-два-три!» никто не подавал, то каждый начинал бежать, когда хотел, а останавливался, когда уставал.

Прошло с полчаса, и все уже успели высохнуть.

— Довольно! Гонки закончены! — крикнул Додо.

Все окружили его.

— Кто же стал победителем? — допытывались они. — Кто получит приз?

Додо не мог ответить на этот вопрос, не подумав как следует, и долго стоял, приложив коготь ко лбу. (В такой позе часто изображают Шекспира на портретах, помните?)

А все участники гонок смотрели на него и молча ждали.

— Все стали победителями и все получат призы! — наконец решил Додо.

— А кто же будет выдавать их? — раздалось множество голосов.

— Конечно, она, — ответил Додо, показав на Алису.

— Призы! Призы!.. — закричали все, бросившись к Алисе.

Она не знала, что делать, и в растерянности опустила руку в карман. К счастью, в нём обнаружилась коробочка леденцов, не размокших от солёной воды. Алиса стала раздавать их как призы, и каждому досталось как раз по одному.

— Но ведь и она сама должна получить приз, — сказала Мышь.

— Конечно, — согласился Додо. — Нет ли у тебя ещё чего-нибудь в кармане? — спросил он у Алисы.

— Только напёрсток, — грустно ответила она.

— Давай его сюда.

Все окружили Алису, и Додо торжественно вручил ей напёрсток, сказав:

— Просим тебя принять эту изящную вещицу! — и со всех сторон раздались восторженные крики и рукоплескания.

Церемония эта показалась Алисе очень глупой, но все держались так серьёзно, что она не решилась рассмеяться. Не зная, что сказать, она молча поклонилась и взяла напёрсток, стараясь выглядеть при этом торжественно.

Затем общество принялось за конфеты, и скоро послышались недовольные крики. Большие птицы жаловались, что не смогли их даже распробовать, а маленькие давились леденцами, и их приходилось хлопать по спинам. Наконец угощение было съедено. Все снова расселись и попросили Мышь рассказать ещё что-нибудь.

— Вы обещали рассказать мне свою историю, — сказала Алиса, — и объяснить, почему вы не любите К и С.

Она не решилась сказать «кошек» и «собак», да и начальные буквы произнесла шёпотом, чтобы снова не испугать Мышь.

— Моя история очень длинная и печальная, — со вздохом начала Мышь. — Случилась она очень давно, но хвост её тянется до сегодняшнего дня.

— История с хвостом? Я не знала, что и у историй бывают хвосты, — удивилась Алиса.

И пока Мышь рассказывала свою историю, Алиса неотрывно глядела на её хвост — вот почему рассказ представился ей в следующем виде:

В поле мышка гуляла,
её кошка поймала:

"Будем, мышка,
судиться с тобой!
Мне уж
спать надоело.
Чем слоняться
без дела,
мы устроим
здесь суд
полевой!"
"Что за суд
без присяжных,
судей, в мантиях,
важных?" —
отвечает
разумная
мышь.

"Обо всём
позабочусь,
буду всем,
кем захочешь.
А теперь
приговор мой
услышь..."

— Вы, кажется, не слушаете меня! — вдруг строго заметила Мышь, взглянув на Алису. — О чём вы думаете?

— Нет, я слушаю внимательно, — кротко ответила Алиса. — Вы дошли до пятого изгиба... если не ошибаюсь.

— Я дошла до так называемого узла...

— Узел на хвостике? — воскликнула Алиса, всегда готовая оказать услугу. — О, дайте мне его распутать!

— Не дам! — сказала Мышь, вставая, чтобы уйти. — Предложения ваши нелепы и оскорбительны!

— Я не хотела вас оскорбить, — взмолилась Алиса, — но вы, право, слишком обидчивы!

Мышь лишь проворчала что-то в ответ.

— Вернитесь, пожалуйста, и доскажите свою историю! — крикнула Алиса.

Все остальные тоже начали упрашивать Мышь вернуться, но она только раздражённо мотнула головой и прибавила шагу.

— Как жаль, что она ушла! — сказал Лори, когда Мышь пропала из виду.

А старый Краб, воспользовавшись случаем, сказал Младенцу-Крабу:

— Ах, миленький мой! Прими во внимание этот урок и никогда не выходи из терпения!

— Помолчи, папа, — резко ответил Младенец, — ты выведешь из терпения даже устрицу!

— Вот если б Дина была здесь! — воскликнула Алиса. — Она живо вернула бы её назад.

— А кто это Дина, смею спросить? — заинтересовался Лори.

— Это наша кошка, — горячо проговорила Алиса, которая всегда была готова рассказывать про свою любимицу. — Ах, как она ловит мышей! А посмотрели бы вы, как ловко она охотится за птицами!

Слова Алисы сильно взволновали всё общество.

— Мне пора домой! — сказала старая Сорока. — От холодного воздуха у меня может заболеть горло.

А Канарейка дрожащим голосом стала созывать своих птенчиков:

— Скорее, дети! — кричала она. — Вам давно уже пора спать.

Все, ссылаясь на какую-нибудь уважительную причину, улетали или уходили, и через несколько минут Алиса осталась одна.

«Как жаль, что я упомянула о Дине, — с грустью подумала она. — Никто здесь, похоже, не любит её, а ведь лучше этой кошки не найти во всём свете! Ах, Диночка моя! Неужели я никогда не увижу тебя?»

Тут бедная Алиса снова заплакала: она чувствовала себя такой несчастной и одинокой!

Вдруг снова послышались шаги. Алиса обернулась в надежде, что Мышь перестала сердиться и возвращается, чтобы дорассказать свою историю.

IV. Билл вылетает в трубу

Но это был Белый Кролик. Он неторопливо семенил обратно и беспокойно оглядывался по сторонам, словно искал что-то. Алиса услышала, как он бормочет:

— Что скажет Герцогиня? Ах, лапки мои золотые! Ах, мои усики и бедная моя шкурка! Она велит меня казнить! Это уж точно, как дважды два! И где это я мог потерять их?

Алиса сразу же догадалась, что Кролик ищет свои перчатки и веер. Чтобы помочь ему, она тоже принялась искать, но их нигде не было видно. И вообще вокруг всё изменилось. Даже низкий длинный зал со стеклянным столиком и маленькой дверцей куда-то исчез.

Увидев Алису, Кролик сердито крикнул:

— Что ты тут делаешь, Мэри-Энн? Беги сию же минуту домой и принеси мне веер и пару перчаток. Живо!

Алиса до того перепугалась, что тут же побежала в ту сторону, куда показывал Кролик, даже не объяснив ему, что он ошибся.

«Он принял меня за свою горничную! — думала она. — Как он удивится, когда узнает, что это я. Постараюсь принести ему веер и перчатки, если только найду их!»

Вскоре Алиса увидела хорошенький маленький домик, дверь которого украшала блестящая медная табличка с изящной гравировкой: «Б. Кролик». Она вбежала в домик, не постучавшись, и бросилась вверх по лестнице. Алиса боялась, что встретится с настоящей Мэри-Энн и та прогонит её из дому прежде, чем она найдёт веер и перчатки.

— Как странно, что мне приходится исполнять поручения Кролика! — пробормотала Алиса. — Пожалуй, я ещё и у Дины буду на побегушках!

И Алиса представила себе, как это будет. «Мисс Алиса, — скажет няня, — идите скорее одеваться, пора идти гулять». — «Я сейчас не могу, няня, — ответит она. — Дина велела мне сидеть до её прихода возле вот этой норки. Я должна сторожить мышку, чтобы она не убежала».

— Только вот если Дина вздумает так командовать, её наверняка выгонят из дому, — решила Алиса.

Размышляя таким образом, она вошла в маленькую чистенькую комнатку. Около окна стоял стол, на нём лежал веер и две-три пары белых лайковых перчаток. Алиса схватила одну пару и веер и уже хотела уходить, как вдруг увидела пузырёк, стоявший возле зеркала. На нём не было ярлыка с надписью «ВЫПЕЙ МЕНЯ», но Алиса всё-таки вынула пробку и поднесла пузырёк к губам.

«Стоит мне что-то выпить или съесть здесь, — подумала она, — как происходит что-нибудь необыкновенное. Посмотрим, что случится, если я отопью немножко из этого пузырька. Хорошо бы мне подрасти, а то надоело быть такой крошкой».

И она действительно выросла, причем гораздо скорее, чем ожидала. Не успела Алиса выпить и половины, как почувствовала, что её голова упёрлась в потолок. Испугавшись сломать шею, она поскорее поставила пузырёк на место.

— Довольно! — сказала она. — Надеюсь, что не сделаюсь ещё больше. Я и так уже не смогу выбраться из этого домика. Ах, зачем я выпила так много!

Но, увы, было уже поздно. Алиса продолжала расти. Вскоре ей пришлось встать на колени, потом сесть и, наконец, полулёжа упереться локтем в дверь. Однако и после этого она продолжала расти и расти. Она просунула одну руку в открытое окно, а одну ногу положила на камин.

— Больше я уже ничего не могу сделать, — вздохнула она. — И что со мной будет?

К счастью для Алисы, действие волшебного напитка закончилось, и она наконец перестала расти. Но что толку: она ведь всё равно не могла выбраться из домика. Неудивительно, что ей стало грустно.

«Дома было гораздо лучше, — думала бедная девочка. — Там я не делалась ни больше, ни меньше, а кролики и мыши не распоряжались мною. Как жаль, что я полезла в кроличью нору! И всё же... всё же очень интересно пожить такой жизнью... Когда я читала волшебные сказки, мне казалось, что таких чудес в жизни не бывает, а теперь необыкновенные вещи случились и со мной. Можно было бы даже написать книжку обо мне! Когда вырасту — обязательно напишу... Впрочем, я уже выросла, — печально добавила она. — А здесь мне вообще больше некуда расти. Буду ли я становиться старше? — продолжала думать Алиса. — Хорошо, если нет, ведь тогда я никогда не стану старушкой... Но зато мне всю жизнь придётся учить уроки. Нет-нет, это было бы очень неприятно...»

— Какая ты глупая, Алиса! — вдруг воскликнула она. — Ну разве можно учиться здесь? Тут даже для тебя едва хватает места, а учебники и вовсе некуда положить.

Ещё какое-то время Алиса продолжала спорить сама с собою, как вдруг возле дома послышался голос Кролика. Алиса остановилась и прислушалась.

— Мэри-Энн! Мэри-Энн! — кричал Кролик. — Принеси мне перчатки сию же минуту!

Потом на лестнице послышался топот мягких лапок. Испугавшись, что Кролик войдёт и увидит её, Алиса задрожала так, что затрясся весь дом. Она совсем забыла, что стала чуть ли не в тысячу раз больше Кролика и ей теперь нечего его бояться.

Тем временем Кролик поднялся и попробовал отворить дверь. Но она не поддалась: ведь в неё упирался локоть Алисы.

— Обойду кругом, — пробормотал он, — и влезу в окно.

«Ну нет, этого не будет!» — подумала Алиса. Услышав, что Кролик подошёл к окну, она высунула руку и попыталась ухватить его. Она, конечно, никого не поймала, но услышала слабый жалобный визг и звон разбитого стекла. «Должно быть, Кролик упал на теплицу для огурцов и разбил стекло», — подумала она.

— Пат! Пат! — через минуту сердито закричал Кролик. — Где ты там?

— Я здесь, сударь, — ответил какой-то незнакомый голос. — Яблочки копаю.

— Яблочки он копает! Поди-ка сюда да помоги мне!

Послышалась какая-то возня, и снова зазвенели разбитые стёкла.

— А теперь скажи мне, Пат, что это такое в окне?

— Рука, сударь.

— Рука? Этакий ты гусь! А видал ты когда-нибудь руки такой величины? Ведь она заняла всё окно!

— Видать не видал, сударь, но это всё-таки рука.

— Но ей тут совсем не место. Ступай и убери её!

Наступило длительное молчание, и только изредка слышался шёпот:

— Нет, я не могу, сударь, не могу!

— А я говорю, что ты должен, трус ты этакий!

Алиса опять протянула руку и сделала такое движение, точно собирается кого-то схватить. На этот раз послышались два взвизга и звон разбитого стекла.

«Сколько у них там теплиц! — подумала Алиса. — Интересно, что дальше будет? Вот бы они смогли вытащить меня! Мне совсем не хочется тут оставаться».

Она подождала ещё немного, но всё было тихо. Потом послышался грохот колёс, и несколько голосов заговорили хором:

— Где же другая лестница?
— Я принёс только одну, другая у Билла.
— Тащи её сюда, Билл! Поставьте лестницы вот к этому углу!
— Нет, нужно сначала связать их: они слишком коротки.

— Ну вот, теперь хорошо.

— Иди сюда, Билл, держи вот эту верёвку!

— А крыша выдержит? Смотрите, одна черепица шатается, берегите головы!

(Раздался страшный треск и грохот.)

— Кто это сделал?

— Должно быть, Билл!

— А кто полезет в трубу? Ты?

— Ну уж нет, полезай сам!

— Не хочу я! Пусть лезет Билл.

— Иди сюда, Билл! Твой господин велит тебе лезть в трубу!

«Значит, в трубу полезет Билл, — подумала Алиса. — Они, кажется, всё взваливают на этого Билла! Не хотела бы я быть на его месте... Камин, конечно, узковат, но я всё-таки сумею просунуть туда ногу».

Алиса просунула ногу в камин так далеко, как сумела, и когда какое-то маленькое существо начало, цепляясь, спускаться по трубе, она поняла, что это Билл, и пнула его ногой.

Алиса стала ждать, что будет теперь, и тут услышала голоса:

— Вон Билл!

— Ловите его! Он упадёт! — крикнул Белый Кролик.

Ненадолго воцарилось молчание, а потом заговорили все сразу:

— Поддерживай ему голову!..

— Дай ему немного бренди!

— Да не задуши же его!
— Что с тобой, старина?
— Что такое случилось?
— Расскажи нам!

До Алисы донёсся слабый, дрожащий голос. «Наверное, это Билл», — подумала она.

— Я и сам не знаю что... Нет, довольно, благодарю вас... Теперь мне лучше, но я ещё слишком взволнован, чтобы припомнить всё. Знаю только, что вдруг толкнуло меня что-то огромное, раздался страшный грохот, и я вылетел из трубы как ракета!

— Да, совсем как ракета, дружище! — закивали все.

— Нам придётся поджечь дом! — послышался голос Кролика.

Услыхав это, Алиса крикнула изо всех сил:

— Если вы сделаете это, я напущу на вас Дину!

Настала мёртвая тишина.

«Что же они придумают теперь? — подумала Алиса. — Будь они поумнее, разобрали бы крышу».

Через минуту-другую поднялся какой-то шум, а потом Алиса услышала голос Кролика:

— Одной тачки, полагаю, будет достаточно.

«Одной тачки чего?» — удивилась Алиса.

Она недолго оставалась в неведении. Град маленьких камешков посыпался через окно и некоторые попали ей прямо в лицо.

«Нужно остановить их», — подумала она и крикнула:

— Не советую вам повторять это снова!

Опять воцарилась тишина.

Алиса с удивлением увидела, что попавшие в комнату камешки превратились в пирожки.

«Попробую съесть пирожок, — решила она, — может, от этого изменится мой рост. А так как расти мне уже некуда, значит, я стану меньше».

Она съела пирожок и с радостью заметила, что действительно уменьшилась. Когда рост уменьшился настолько, что ей уже можно было пройти в дверь, Алиса выбежала из домика и увидела целую толпу зверей и птиц, собравшихся под окном. Бедный Билл — маленькая ящерка — лежал в центре. Две морские свинки поддерживали его голову и поили из бутылки.

Как только Алиса показалась, все бросились к ней, но она помчалась прочь и скоро очутилась в густом лесу.

«Для начала, — подумала Алиса, идя по лесу, — мне нужно сделаться нормального размера, а потом найти дорогу в чудный сад. Думаю, что это самый лучший план действий».

План был на самом деле хорош и весьма ловко задуман. Единственное затруднение было в том, что Алиса понятия не имела, как привести его в исполнение. Она бродила среди деревьев и тревожно оглядывалась кругом, пытаясь отыскать дорогу. Вдруг прямо над её головой раздался заливистый лай,

и Алиса с испугом подняла глаза: огромный щенок глядел на неё большими круглыми глазами и протягивал к ней лапу.

— Бедный малыш! — сказала Алиса как можно ласковее и попыталась свистнуть, но не смогла. Она очень боялась, что собака голодна и, пожалуй, вздумает съесть её, несмотря на все задабривания.

Сама не зная зачем, она подняла с земли маленькую веточку и протянула её щенку. Тот подпрыгнул, взвизгнул от радости и, бросившись к Алисе, попытался ухватить веточку. Испугавшись, что щенок может затоптать её, Алиса спряталась за высокий чертополох. Когда она выглянула с другой стороны куста, щенок снова рванулся за веточкой, но, не устояв на лапах, полетел кубарем. Алиса прекрасно понимала, что при теперешнем её росте играть с щенком не менее опасно, чем попасть под копыта ломовой лошади. Она опять спряталась за кустом чертополоха, а щенок, громко лая, то кидался к ней, то отпрыгивал назад. Наконец, высунув язык и тяжело дыша, он уселся недалеко от Алисы и прикрыл свои огромные глаза.

Алиса решила воспользоваться удобным случаем и побежала со всех ног прочь, не останавливаясь до тех пор, пока не выбилась из сил. Издали чуть слышно доносился лай.

— А всё-таки миленький был этот щеночек! — сказала Алиса, прислонившись к цветку и обмахиваясь листочком. — Я с удовольствием выучила бы его разным штукам, не будь я такая маленькая... Ах, я и забыла, что мне нужно прежде всего вырасти! Как же сделать это? Должно быть, мне нужно съесть или выпить что-нибудь. Но что? Вот в чём вопрос!

Да, вопрос этот был очень важный, и Алиса посмотрела на траву и на цветы вокруг, но не смогла понять, что нужно съесть или выпить. Рядом рос большой, величиной с неё, гриб. Оглядев его со всех сторон, Алиса захотела посмотреть, а нет ли чего-нибудь сверху, на грибной шапочке. Она встала на цыпочки и, подняв голову, встретилась взглядом с большой голубой Гусеницей, которая сидела на грибе, сложив передние лапки, и преспокойно курила длинный кальян, не обращая на Алису ни малейшего внимания.

V. Совет Гусеницы

Алиса и Гусеница молча смотрели друг на друга. Наконец Гусеница вынула мундштук изо рта и спросила сонным голосом:

— Кто ты?

Начало беседы не обнадёживало.

— Я... я не знаю, кто я теперь, — робко проговорила Алиса. — Я знаю только, кем была, когда встала сегодня утром. С тех пор я менялась очень много раз.

— Что ты хочешь этим сказать? Объяснись! — последовал строгий вопрос.

— Мне кажется, я не могу *объяснить себя*, — ответила Алиса. — Боюсь, что я не в себе, понимаете ли.

— Не понимаю!

— Очень жаль, но я, право же, не виновата, — проговорила Алиса. — Я и сама не понимаю. Когда за день столько раз то вырастаешь, то уменьшаешься, это очень сбивает с толку.

— Нисколько! — возразила Гусеница.

— Может быть, вам не приходилось испытывать подобное, — заметила Алиса. — Вот когда вы станете куколкой, а потом бабочкой, то, думаю, вы удивитесь.

— Вовсе нет! — отрезала Гусеница.

— Значит, вы не такая, как я, — сказала Алиса. — Мне показалось бы это очень странным.

— Тебе? — презрительно фыркнула Гусеница. — А кто ты?

Итак, они вернулись к тому, с чего начали. Односложные реплики Гусеницы раздражали Алису. Она выпрямилась во весь рост и произнесла как можно внушительнее:

— Мне кажется, это вы должны сначала сказать мне, кто вы такая.

— Почему? — спросила Гусеница, и так как придумать ответ было трудно, а Гусеница, похоже, была сильно не в духе, то Алиса повернулась и пошла прочь.

— Вернись! — крикнула Гусеница. — Мне нужно сказать тебе одну очень важную вещь.

Алисе стало любопытно, и она вернулась.

— Ты не должна выходить из себя, — сказала Гусеница.

— И это всё? — спросила Алиса, стараясь не показать, что рассердилась.

— Нет, — ответила Гусеница.

Алиса решила подождать, потому что ей всё равно нечего было делать, а Гусеница могла сказать что-нибудь интересное.

Некоторое время Гусеница молча выпускала клубы дыма и наконец проговорила:

— Так ты думаешь, что изменилась?

— Да, так мне кажется, — ответила Алиса. — Я чуть не каждые десять минут становлюсь то больше, то меньше и не могу вспомнить того, что знала раньше.

— Что же ты, собственно говоря, забыла? — поинтересовалась Гусеница.

— Я попробовала прочитать стихи, но они вышли у меня совсем другие, — печально ответила Алиса.

— А ну-ка расскажи стишок «Бодрый старик».

Алиса сложила руки и начала:

«Ты — старик, мой отец. Ослабел ты от лет, —
Сказал сын. — Не могу я понять,
Как в такие года ухитряешься ты
Вверх ногами так часто стоять?»

И ответил старик: «Когда молод я был,
То боялся на голову встать.
Это мне повредит, так я думал тогда,
И на мозг может дурно влиять.
Но теперь не осталось ума у меня
И бояться уж нечего мне.
Потому-то я часто и долго теперь
Вверх ногами стою во дворе».

«Ты — старик уж, отец, — снова сын завёл речь, —
И ты толст, слишком толст уж теперь.
Так зачем же, скажи, кувыркаешься ты,
И спиной отворяешь ты дверь?»

И ответил старик: «С юных лет так привык.
Был я гибок и ловок тогда.
Перепрыгивал я, да скакну и теперь
Чрез высокий забор без труда».

«Ты уж стар, ты уж сед, слабы зубы твои, —
Сын сказал. — Тебе кашу бы есть!
Как же гуся всего, объясни это мне,
Мог с костями и клювом ты съесть?»

И ответил старик: «Я судился не раз,
Никогда адвокатов не брал.
Сам свои все дела защищал на суде,
Оттого и зубастым я стал».

«Твои слабы глаза, — сказал сын, — и тебе
Давно нужно очки надевать.
Как же можешь угря ты уставить на нос
И на кончике самом держать?»

«Убирайся ты прочь! — рассердился старик. —
Я три раза тебе отвечал.
Слушать вздор я устал, уходи от меня,
Чтобы сам я тебя не прогнал!»

— Неверно! — крикнула Гусеница.

— Должно быть, не совсем верно, — робко сказала Алиса. — Некоторые слова прежде были как будто другие.

— Неверно с самого начала и до конца, — решительно повторила Гусеница.

На несколько минут наступило молчание.

— Какого же роста тебе хотелось бы быть? — спросила Гусеница.

— Главное дело даже не в росте, — быстро ответила Алиса. — Неприятнее всего, меняться так часто, знаете ли.

— Я этого не знаю, — отчеканила Гусеница.

Алиса промолчала. Никогда до сих пор никто ей так не перечил и не обрывал на каждом слове. Она чувствовала, что теряет терпение.

— А довольна ты своим теперешним ростом? — спросила Гусеница.

— Мне хотелось бы быть немножко повыше, — ответила Алиса. — Три дюйма — что же это за рост?!

— Напротив, это прекрасный рост! — с досадой проговорила Гусеница и, встав на гриб, вытянулась во всю длину. Она была в точности три дюйма высотой.

— Но я не привыкла к такому росту! — жалобно проговорила бедная Алиса и подумала про себя: «Какие они все здесь обидчивые!»

— Со временем привыкнешь, — спокойно ответила Гусеница, выпустив клуб дыма изо рта.

Алиса стояла и терпеливо ждала продолжения разговора. Минуты через две Гусеница вынула кальян изо рта, зевнула пару раз и встряхнулась. Потом она спустилась с гриба и поползла в траву, загадочно промолвив:

— Одна сторона сделает тебя выше, другая — ниже.

— Одна сторона *чего*? Другая сторона *чего*? — крикнула ей вслед Алиса.

— Гриба, — ответила Гусеница и через мгновенье скрылась из виду.

С минуту Алиса задумчиво разглядывала гриб, стараясь догадаться, какая сторона у него какая. Так как он был совершенно круглый, понять это было нелегко. Наконец она обхватила его руками как можно шире, и с обеих сторон отломила по кусочку от края шляпки.

«Ну и какой из них какой?» — подумала Алиса и откусила немножко от того, который держала в правой руке. В ту же минуту она почувствовала, как что-то сильно ударило её в подбородок: это он стукнулся о её собственные ноги! Столь внезапная перемена страшно перепугала Алису. Нельзя было терять ни секунды! Чувствуя, что уменьшается с каждым мгновением, она поскорее поднесла ко рту другой кусочек. Её подбородок так плотно прижимался к ногам, что Алиса едва могла открыть рот. Наконец, это ей всё-таки удалось, и она откусила немного от гриба из левой руки…

— Слава богу, моя голова поднялась! — радостно воскликнула Алиса. Но недолго пришлось ей радоваться. Оказалось, что теперь плечи куда-то пропали. Когда она смотрела вниз, то видела только необыкновенно длинную шею, которая поднималась, как высокий стебель, из моря листьев, зеленеющих далеко внизу.

«Что это там внизу такое зелёное? — подумала Алиса. — И куда подевались мои плечи? А мои бедные руки? Я совсем не вижу их!»

Она пошевелила руками, но так и не смогла их увидеть, лишь откуда-то снизу донёсся лёгкий шорох зелени.

Так как Алиса не могла поднять рук к голове, то попробовала опустить к ним голову и с восторгом обнаружила, что её шея может гнуться во все стороны, словно змея. После нескольких удачных виражей голова Алисы готова была уже нырнуть в море зелёной листвы, шелестящей внизу. (Оказалось, что это вершины деревьев, под которыми она стояла, когда с ней случилось последнее превращение.)

Вдруг раздался резкий свист, и Алиса испуганно отдёрнула голову назад. Большая Голубка кинулась на неё и начала яростно хлестать крыльями по лицу.

— Змея! — кричала Голубка.

— Я *не* змея, — с негодованием ответила Алиса. — Оставьте меня в покое!

— А я говорю, что ты змея! — повторила Голубка уже более сдержанно и прибавила, зарыдав: — Я пробовала и тут и там, но всё оказывалось неподходящим!

— Я не понимаю, о чём вы говорите, — сказала Алиса.

— Я пробовала деревья, пробовала берег, пробовала изгороди, — продолжала Голубка, не слушая её. — Но эти змеи! От них не спасёшься нигде!

Алиса с недоумением слушала её, полагая, что не стоит задавать вопросы, пока Голубка не закончит причитать.

— Как будто мало хлопот с высиживанием яиц! — продолжала та. — А тут ещё изволь день и ночь оберегать гнездо от змей! Вот уже три недели, как я не смыкаю глаз!

— Мне очень жаль, что у вас столько забот и неприятностей, — сказала Алиса, начиная понимать её.

— А теперь, когда я выбрала самое высокое дерево в лесу, — пронзительно закричала Голубка, — и думала, что наконец избавилась от змей, они, извиваясь, спускаются с небес! Ах ты змея!

— Но я же говорю вам, что я *не* змея, — сказала Алиса. — Я... я...

— Ну и *кто* же ты? — спросила Голубка.

— Я... я маленькая девочка, — ответила Алиса.

— Да неужели! — воскликнула Голубка. — Я видала много девочек в своё время, но не видывала ни одной с такой шеей! Нет, нет, ты змея! И ты напрасно стараешься вывернуться!

Ты, пожалуй, ещё станешь уверять меня, что никогда не едала яиц!

— Я, конечно, ела яйца, — сказала Алиса. (Она была правдивая девочка и не хотела лгать.) — Но ведь вы, наверное, знаете, что девочки тоже едят яйца, как и змеи?

— Никогда не поверю этому! — воскликнула Голубка. — А если они действительно едят яйца, значит, они тоже змеи, только другой породы — вот и всё!

Такая мысль никогда не приходила в голову Алисе, и потому она на минуту замолчала. А Голубка прибавила:

— Я знаю, знаю наверняка, что ты забралась сюда за яйцами. А девочка ты или змея, мне решительно всё равно!

— Ну а мне далеко не всё равно, — сказала Алиса. — Мне не нужны яйца. А если бы даже я и захотела яиц, то не взяла бы эти. Я не ем сырые яйца.

— Так убирайся отсюда! — резко крикнула Голубка и водворилась на своё гнездо.

Алиса начала опускать голову, хотя это было очень непросто: шея постоянно застревала в ветках деревьев, и её то и дело приходилось распутывать.

Тут Алиса вспомнила, что всё ещё держит в руках кусочки гриба, и стала осторожно откусывать понемногу то от одного, то от другого. Она становилась то меньше, то больше, пока, наконец, не стала такой, какой была обычно.

— Ну вот, половина дела сделана! — воскликнула она, отправляясь дальше. — Теперь мне нужно отыскать тот чудесный сад. Но как же мне найти его?

Только успела она сказать это, как лес кончился, и Алиса вышла на полянку, где стоял маленький домик, высотой всего в четыре фута.

«Интересно, кто здесь живёт? — подумала Алиса. — Я теперь слишком большая, и если войду, они все с ума сойдут со страху!»

Она начала откусывать понемножку от гриба, что держала в правой руке, и не подходила к дому, пока не уменьшилась до девяти дюймов.

VI. Поросёнок и перец

Минуту-другую Алиса стояла, глядя на домик и раздумывая, что ей делать дальше, как вдруг из леса выбежал Лакей и громко постучал в дверь. (Алиса решила, что это Лакей, потому что на нём была ливрея. Без ливреи она сочла бы его просто за рыбу.)

Дверь отворил другой Лакей, тоже в ливрее; у него было круглое лицо и выпученные, как у лягушки, глаза. У обоих лаке-

ев были напудренные парики с локонами. Алисе очень хотелось узнать, что же будет дальше. Она спряталась за дерево и стала прислушиваться.

Лакей-Рыба вынул из-под мышки огромный конверт, величиной чуть ли не с него самого, протянул его Лакею-Лягушонку и торжественно проговорил:

— Герцогине от Королевы приглашение на крокет.

Лакей-Лягушонок с той же важностью повторил его слова, немного переставив их местами:

— От Королевы Герцогине приглашение на крокет.

Потом оба лакея поклонились друг другу, да так низко, что чуть не стукнулись головами, а их локоны спутались.

Алисе всё это показалось до того забавным, что она не могла удержаться от смеха и убежала подальше в лес, чтобы они не услышали, как она смеётся. А когда она опять выглянула из-за деревьев, Лакей-Рыба уже ушёл, а Лакей-Лягушонок сидел возле двери, с самым глупым видом уставившись в небо.

Алиса робко подошла к двери и постучалась.

— Стучать совершенно незачем, — сказал Лакей. — По двум причинам: во-первых, мы оба находимся по одну сторону двери, а во-вторых, там внутри такой шум, что тебя всё равно не услышат.

И действительно, в домике ужасно шумели: кто-то пронзительно кричал, кто-то чихал, не переставая ни на минуту, а временами раздавался треск и звон, словно били посуду.

— Скажите, пожалуйста, как же мне войти? — спросила Алиса.

— Был бы ещё хоть какой-нибудь смысл стучаться, — продолжал Лакей, не слушая её, — если бы между нами была дверь. Так, например, если бы вы были внутри, то могли бы постучаться, а я отворил бы дверь и выпустил вас.

Всё это время он смотрел на небо, что показалось Алисе очень невежливым.

«Он должен бы смотреть на меня, раз со мною говорит. Впрочем, — подумала она, — возможно, он просто не может по-другому: ведь глаза у него чуть ли не на макушке. Но отвечать на вопросы он, во всяком случае, в состоянии».

— Как же мне войти в дом? — снова спросила она.

— Я буду сидеть здесь, — задумчиво проговорил Лакей, — до завтра.

Дверь в этот миг отворилась, и оттуда вылетела тарелка. Она задела Лакея по носу и разбилась вдребезги, ударившись о дерево.

— А может, и до послезавтра, — продолжал Лакей так же спокойно, как будто ничего особенного не случилось.

— Как мне войти в дом? — повторила Алиса, повысив голос.

— А нужно ли туда вообще входить? Вот в чём вопрос, — сухо поправил её Лакей-Лягушонок.

Он был прав, только вот Алисе не нравилось, когда с ней так разговаривали. Она сочла, что Лакей ведёт себя нелюбезно.

«Какие здесь все спорщики! — подумала она. — Просто с ума сойти можно!»

Лягушонок решил, что сейчас самое время повторить свои замечания с некоторыми вариациями.

— Я буду сидеть здесь, — проговорил он, — день за днём...

— Но что же мне делать? — спросила Алиса.

— Что хочешь, — ответил Лакей и, не обращая больше внимания на Алису, начал насвистывать.

«Нет смысла говорить с ним, — с отчаянием подумала Алиса. — Он же полоумный».

Она решительно отворила дверь и вошла в большую, полную дыма, кухню.

Посередине, на треногой табуретке, сидела Герцогиня и нянчилась с младенцем; Кухарка, склонившись над большим котлом, помешивала суп.

«Она положила туда слишком много перца», — подумала Алиса, чихая.

Перца и впрямь было слишком много, даже в воздухе. Герцогиня чихала почти не переставая, а ребёнок поочерёдно то чихал, то пронзительно кричал. Не чихали только Кухарка да большой кот, который сидел возле плиты и улыбался до ушей.

— Скажите, пожалуйста, — начала Алиса несколько нерешительно, так как не знала, вежливо ли она поступает, заговорив первой, — почему ваш кот улыбается?

— Потому что это Чеширский Кот, — ответила Герцогиня, — вот почему. Ах, поросёнок!

Она произнесла последнее слово с такой яростью, что Алиса вздрогнула. Впрочем, она тут же поняла, что Герцогиня назвала поросёнком не её, а ребёнка.

— Я никогда не слыхала, что чеширские коты улыбаются, — сказала Алиса, немного приободрившись. — Я даже не думала, что коты вообще могут улыбаться.

— Могут, — ответила Герцогиня. — А многие не только могут, но и улыбаются.

— Я до сих пор не знала этого, — сказала Алиса, радуясь, что начался настоящий разговор.

— Видно, ты мало что знаешь, — отрезала Герцогиня, — в этом всё и дело!

Алисе не понравился тон, каким Герцогиня сделала это замечание, и ей захотелось переменить тему. Пока она старалась придумать, что бы такое сказать, Кухарка сняла кастрюлю с огня и принялась швырять чем попало в Герцогиню и ребёнка. Сначала полетели кочерга, совок и щипцы, а потом посуда: тарелки, блюда, соусники. Герцогиня не обращала на это никакого внимания, даже когда что-нибудь попадало в неё, а ребёнок и без того непрерывно кричал, так что трудно было судить, больно ему или нет.

— Что вы делаете! — воскликнула Алиса, с ужасом глядя на Кухарку. — Господи, блюдо оторвёт малютке носик!

Огромнейшее блюдо пролетело мимо самого лица ребёнка и действительно чуть не оторвало ему нос.

— Если бы каждый занимался своим делом, — проворчала Герцогиня, — Земля вращалась бы намного быстрее.

— Но ведь от этого было бы только хуже, — возразила Алиса, очень довольная возможностью выказать свои познания. — Только подумайте, сколько нужно успеть Земле даже сейчас. Она за двадцать четыре часа обращается вокруг своей оси. Открытие это сделано учёными, и с тех-то пор...

— Топор! — воскликнула Герцогиня. — Отрубить ей голову!

Алиса с тревогой взглянула на Кухарку. Неужели та исполнит приказание? Но Кухарка была занята супом и, по-видимому, не обратила никакого внимания на слова Герцогини. И Алиса снова заговорила.

— За двадцать четыре часа, — повторила она, — кажется, так? Или за двенадцать?

— Не надоедай мне! — крикнула Герцогиня. — Я не выношу цифры и вычисления!

И она принялась укачивать ребёнка, напевая что-то вроде колыбельной и яростно встряхивая его после каждого куплета:

Ты брани и бей малютку,
Если вздумает чихать.
Он чихает ведь нарочно,
Чтобы всем надоедать.

Припев (здесь присоединились Кухарка и ребёнок):

Уа! Уа! Уа! Уа!

Напевая второй куплет, Герцогиня стала высоко подбрасывать ребёнка, и он заголосил так отчаянно, что Алиса едва могла разобрать слова:

Я браню и бью малютку,
Когда примется чихать.
Пусть привыкнет запах перца,
Не чихая, он вдыхать.

Припев:

Уа! Уа! Уа! Уа!

— Теперь ты покачай его немножко, — сказала Герцогиня и бросила ребёнка Алисе. — А мне пора идти играть в крокет с Королевой.

И она торопливо вышла из комнаты. Кухарка кинула ей вслед сковородку, но промахнулась.

Алиса с удивлением разглядывала ребёнка: у него было какое-то странное тело и он постоянно вытягивал в разные стороны ручки и ножки. «Точно морская звезда», — подумала она.

Ребёнок пыхтел, как паровоз, и то сгибался чуть не вдвое, то вдруг выпрямлялся, и Алисе трудно было удержать его. Сначала она никак не могла справиться с ним, но наконец это ей удалось. Чтобы он сидел смирно, Алисе пришлось чуть ли не связать его узлом и крепко держать за правое ухо и левую ногу, чтобы он не «развязался». Только тогда она решилась вынести ребёнка на воздух.

— Если я оставлю его в этом доме, — размышляла Алиса, — они, того и гляди, прибьют его… И тогда я тоже буду всё равно что убийца.

Последние слова она произнесла громко, и ребёнок хрюкнул ей в ответ; теперь он уже не чихал.

— Не хрюкай, — сказала ему Алиса. — Это некрасиво.

Ребёнок снова хрюкнул, и она с тревогой взглянула на него, чтобы узнать, что с ним такое. У него было какое-то странное лицо: нос был очень похож на пятачок поросёнка, а глаза — ужасно маленькие. Смотреть на него было не очень-то приятно.

«Может, он не хрюкал, а хныкал?» — подумала Алиса и посмотрела, не мокрые ли у него глаза.

Нет, никаких слёз не было.

— Если ты будешь поросёнком, мой милый, — сказала она, — я не стану возиться с тобой. Понимаешь?

Ребёнок снова захрюкал или захныкал — трудно было сказать наверняка, что это за звук, — и Алиса некоторое время шла с ним молча.

«Что я буду делать с ним, когда вернусь домой?» — думала она.

Вдруг он снова захрюкал, да так громко, что Алиса снова с беспокойством взглянула на него. И тут она увидела совершенно отчётливо, что это никакой не ребёнок, а настоящий поросёнок. Так зачем же ей таскать его!

Она опустила поросёнка на землю, и тот весёлой рысью побежал в лес.

— Он был ужасно некрасив, когда был ребёнком, — сказала Алиса, — но из него вышел очень хорошенький поросёночек.

И она стала думать о своих знакомых детях, из которых тоже могли бы выйти хорошенькие поросята.

«Если бы я только знала, как превращать их...» — начала размышлять она, как вдруг увидела Чеширского Кота, сидевшего на дереве.

Кот улыбнулся, когда Алиса подошла к нему, и смотрел очень добродушно. Но так как у него были длинные когти и много острых зубов, то к нему, конечно, следовало обращаться почтительно.

— Чеширский Котик, — начала Алиса несколько нерешительно, так как не знала, понравится ли Коту такое обращение. Но тот продолжал улыбаться, и Алиса, приободрившись, сказала: — Скажите, пожалуйста, как мне выйти отсюда?

— Это зависит от того, куда ты хочешь попасть, — ответил Кот.

— Мне всё равно, куда ни... — начала Алиса.

— Значит всё равно, в какую сторону идти, — прервал её Кот.

— Куда ни выйти, лишь бы прийти куда-нибудь, — докончила Алиса.

— Ты наверняка куда-нибудь придёшь, — сказал Кот, —

если походишь подольше.

Алиса понимала, что Кот прав. Нужно было спрашивать как-то по-другому.

— Кто живёт тут поблизости? — спросила она.

— В этой стороне, — ответил Кот, очертив полукруг правой лапой, — живёт Шляпник, а в этой, — он сделал движение левой, — живёт Мартовский Заяц. Ступай к ним, если хочешь. Они оба сумасшедшие.

— Нет, я не хочу идти к сумасшедшим, — сказала Алиса.

— Тут уж ничего не поделаешь, — ответил Кот. — Мы все здесь сумасшедшие. Я тоже сумасшедший. Да и ты тоже.

— Почему вы думаете, что я сумасшедшая? — удивилась Алиса.

— Потому что иначе ты не попала бы сюда.

По мнению Алисы, довод был неубедительным, но она не стала возражать.

— А почему вы думаете, что вы сумасшедший?

— Вот почему. Собака ведь не сумасшедшая? Ты согласна? — спросил Кот.

— Да, по-моему, она не сумасшедшая, — согласилась Алиса.

— Хорошо, — продолжил Кот. — Ты знаешь, что собака ворчит, когда сердится, и машет хвостом, если довольна. А я ворчу, когда доволен, и машу хвостом, если сержусь. Значит, я сумасшедший.

— Вы мурлычете, а не ворчите, — возразила Алиса.

— Можешь называть это как угодно… Ты будешь сегодня играть в крокет с Королевой?

— Мне очень хотелось бы, — ответила Алиса, — но меня не пригласили.

— Увидимся ещё, — сказал Кот и мгновенно исчез.

Алиса этому не особенно удивилась: она уже привыкла ко всяким странностям.

Она смотрела на то место, где раньше сидел Кот, и тот вдруг снова появился.

— Кстати, а что сталось с ребёнком? — спросил он. — Я совсем забыл узнать об этом.

— Он превратился в поросёнка, — Алиса произнесла это так спокойно, словно это было в порядке вещей.

— Я так и думал, — сказал Кот и снова исчез.

Алиса подождала немного, не появится ли Кот снова, а потом пошла в ту сторону, где жил Мартовский Заяц.

«Шляпников я уже видела, — подумала она, — и мне гораздо интереснее посмотреть на Мартовского Зайца. Теперь уж май; может, он уже не такой бешеный, как в марте».

Алиса взглянула вверх и снова увидела Кота.

— Как ты сказала? — спросил Кот. — В поросёнка или в слонёнка?

— Я сказала: в поросёнка, — ответила Алиса. — И не очень-то любезно с вашей стороны так неожиданно появляться и исчезать! От этого, право, голова может закружиться.

— Неужели? — удивился Кот и на этот раз стал исчезать очень медленно, начиная с кончика хвоста и кончая улыбкой, которая плавала в воздухе ещё некоторое время после того, как всё остальное уже исчезло.

«Котов без улыбки я видела часто, — подумала Алиса. — Но улыбку без кота?! Это самое удивительное из всего, с чем я тут столкнулась».

Взглянув ещё раз на ветку, она пошла дальше.

Вскоре показался дом Мартовского Зайца. Трубы на нём торчали, как заячьи уши, а крыша была покрыта мехом. Дом был такой большой, что Алиса, прежде чем подойти к нему, откусила немножко от гриба из левой руки и подросла до двух футов. Но даже после этого она пошла к дому не очень-то решительно. «А вдруг он буйный? — думала она. — Уж лучше бы я пошла к Шляпнику».

VII. Безумное чаепитие

Около самого дома под деревом стоял стол, накрытый к чаю. За столом сидели Мартовский Заяц и Шляпник и пили чай. Мышка Соня, прикорнув между ними, крепко спала, а приятели, облокотившись на неё, как на подушку, неторопливо беседовали.

«Как неудобно бедняжке, — подумала Алиса. — Хорошо, что она заснула и ничего не замечает».

Стол был большой, но Мартовский Заяц, Шляпник и Соня теснились на одном конце.

— Нет места! Нет места! — закричали Заяц и Шляпник, увидев подходившую Алису.

— Места как раз очень много, — возмущённо возразила она и села в кресло, стоявшее на другом конце стола.

— Не хочешь ли вина? — гостеприимно предложил Мартовский Заяц.

Алиса взглянула на стол: на нём не было ничего, кроме чая.

— Я не вижу никакого вина, — заметила она.

— Да его и нет, — ответил Мартовский Заяц.

— В таком случае, очень невежливо с вашей стороны предлагать его, — с досадой проговорила Алиса.

— А с твоей стороны очень невежливо садиться за стол без приглашения, — парировал Заяц.

— Я не знала, что это *ваш* стол, — возразила Алиса. — Он очень большой и накрыт не на троих.

— Тебе не мешало бы постричься! — внезапно вмешался Шляпник, пристально глядя на Алису.

— Очень грубо делать замечания личного характера, — строго сказала Алиса. — Неужели вы не знаете этого?

Шляпник удивлённо вытаращил глаза, а потом спросил:

— Что общего между вороном и письменным столом?

«Ну теперь будет повеселее! — обрадовалась Алиса. — Как хорошо, что он придумал загадывать загадки!»

— Мне кажется, я сумею отгадать, — громко сказала она.

— Думаешь, что знаешь ответ? — спросил Мартовский Заяц.

— Именно так, — кивнула Алиса.

— Так бы сразу и сказала, — заметил Мартовский Заяц. — Всегда нужно говорить то, что думаешь.

— Я так и делаю, — стала объяснять Алиса. — Во всяком случае, я всегда думаю то, что говорю. А ведь это одно и то же...

— Совсем не одно и то же! — воскликнул Шляпник. — Скажи ещё, что «я вижу всё, что ем» и «я ем всё, что вижу» — одно и то же!

— Скажи ещё, — добавил Мартовский Заяц, — что «мне нравится всё, что я имею» и «я имею всё, что мне нравится» — одно и то же!

— Скажи ещё, — пробормотала сквозь сон Соня, — что «я дышу, когда сплю» и «я сплю, когда дышу» — одно и то же!

— Для тебя это как раз одно и то же, — заметил Шляпник.

На этом разговор оборвался, и на несколько минут воцарилось молчание. А Алиса стала думать, что общего может быть у ворона с письменным столом.

Первым нарушил молчание Шляпник.

— Какое у нас сегодня число? — спросил он, обратившись к Алисе. Он вынул из кармана часы и с беспокойством поглядывал на них, то встряхивая, то поднося к уху.

— Четвёртое, — ответила Алиса.

— Отстали на два дня, — вздохнул Шляпник. — Я говорил тебе, что нельзя смазывать их сливочным маслом! — с досадой прибавил он, обернувшись к Зайцу.

— Масло было превосходное... — кротко возразил Мартовский Заяц.

— Но в него могли попасть крошки, — проворчал Шляпник. — Не следовало брать масло хлебным ножом.

Мартовский Заяц грустно взглянул на часы, прополоскал их в чае и снова посмотрел на циферблат.

— Масло было превосходное, — повторил он.

Алиса, заглядывая ему через плечо, с любопытством рассматривала часы.

— Какие смешные часики! — сказала она. — Они показывают дни, а часы и минуты не показывают.

— А зачем их показывать? — пробормотал Шляпник. — Разве твои часы показывают, какой теперь год?

— Конечно, нет, — быстро ответила Алиса, — да и незачем: ведь год тянется очень долго.

— Вот поэтому мои часы часов и не показывают, — сказал Шляпник.

Алису очень удивили эти слова, так как она совсем не увидела в них смысла, хоть и каждое слово в отдельности было понятным.

— Я не совсем понимаю вас, — сказала она, стараясь быть вежливой.

— А Соня опять спит! — заметил Шляпник и полил ей на нос из чайника.

Соня мотнула головой и пробормотала, не открывая глаз:

— Конечно, конечно... Я именно это и хотела сказать.

— Ну что, отгадала загадку? — спросил у Алисы Шляпник.

— Нет, не могу отгадать, — призналась она. — А какой ответ?

— А я почём знаю! — отрезал Шляпник.

— Не знаю и я, — прибавил Мартовский Заяц.

Алиса вздохнула.

— По-моему, — заметила она, — загадывать загадку, у которой нет разгадки, не стоит. Это только даром терять время.

— Если бы ты знала Время так, как знаю его я, — воскликнул Шляпник, — то не сказала бы этого. Так оно и позволит, чтобы его теряли! Говорила ты с ним когда-нибудь?

— Конечно, нет, — ответила Алиса. — Но на занятиях музыки я всегда его поторапливала!

— Вот! Кому понравится, когда тебя подгоняют! Если бы ты была в хороших отношениях со Временем, то оно делало бы для тебя всё что угодно. Положим, пробило девять часов — время уроков. Но стоит только шепнуть Времени, что не хочется учиться, как стрелки уже несутся вперёд! Половина первого! Обедать пора!

— Ах, если бы это случилось сейчас... — вздохнул Мартовский Заяц.

— Это было бы неплохо, — задумчиво проговорила Алиса, — но ведь в таком случае я не успела бы проголодаться к обеду.

— Сначала, конечно. Но ведь стрелки могли бы стоять на половине первого сколько угодно.

— Значит, вы именно так и делаете? — спросила Алиса.

— Теперь нет, — помрачнел Шляпник. — Я поссорился со Временем в марте, когда вот он, — тут Шляпник показал на Мартовского Зайца, — только что помешался. У Королевы был концерт, и мне пришлось петь:

Зачем ты блистаешь,
Летучая мышь?
Зачем ты блистаешь
В вечернюю тишь?

— Ты, может, знаешь эту песню?

— Знаю что-то похожее, — сказала Алиса.

— Дальше, — продолжал Шляпник, — песня звучит так:

Зачем ты летаешь,
Как круглый поднос?
Зачем ты блистаешь...

Тут Соня вздрогнула и запела во сне: «Блистаешь, блистаешь, блистаешь...» — повторяя одно и то же, так что пришлось её ущипнуть, чтоб она угомонилась.

— Ну так вот, не успел я закончить первый куплет, как Королева воскликнула: «Он даром теряет время! Отрубите ему голову!»

— Как это жестоко! — ужаснулась Алиса.

— С тех пор Время рассердилось на меня, — мрачно проговорил Шляпник, — и не делает того, что мне хочется. И у нас теперь всегда шесть часов.

— Потому-то, должно быть, у вас всё для чая и приготовлено? — догадалась Алиса.

— Конечно, — со вздохом ответил Шляпник. — Ведь ты знаешь, что шесть часов — время вечернего чая. Мы даже посуду мыть не успеваем. У нас вечное чаепитие.

— Значит, вы от чашки к чашке так и переходите?

— Да, мы всё время так и пересаживаемся.

— А что случится, когда вся чистая посуда закончится? — отважилась спросить Алиса.

— Давайте переменим тему, — прервал их Мартовский Заяц. — Пусть лучше юная леди расскажет нам какую-нибудь историю, — прибавил он, взглянув на Алису.

— Я не знаю никакой истории, — возразила Алиса, смущённая этим предложением.

— Тогда пусть рассказывает Соня! — воскликнули в один голос Шляпник и Мартовский Заяц и стали щипать её, чтобы та проснулась.

— Я не спала, — проговорила Соня охрипшим сонным голосом и открыла глаза. — Я слышала всё, что вы говорили, друзья мои!

— Расскажи нам что-нибудь, — попросил Мартовский Заяц.

— Да, пожалуйста, расскажите, — присоединилась Алиса.

— И поторапливайся, — прибавил Шляпник, — а то опять заснёшь и не закончишь.

— Давно-давно, в старые годы, — начала Соня, — жили-были три маленьких сестрицы: Эльзи, Леси и Тилли. А жили они на дне колодца...

— Что же они там ели? — спросила Алиса, которой всегда было интересно, кто что ест и пьёт.

— Они ели... только варенье, — немножко подумав, ответила Соня.

— Но этого не может быть, — осторожно сказала Алиса, — они наверняка заболели бы от этого.

— А они и болели, — ответила Соня, — всё время были как варёные.

Алиса постаралась представить себе, как это можно жить на дне колодца, питаясь одним вареньем, но всё это показалось ей слишком странным, и она продолжала допрашивать:

— Скажите, а зачем они жили на дне колодца?

— Не хотите больше чаю? — спросил вдруг Алису Мартовский Заяц.

— Я ещё не пила ничего. Как я могу хотеть больше? — обиделась Алиса.

— Вот хотеть меньше, чем ничего, — это трудно. А больше — пара пустяков, — вмешался Шляпник.

— А вашего мнения вообще никто не спрашивал, — ответила Алиса.

— Ну и кто переходит на личности? — спросил Шляпник с торжеством.

Не зная, что ответить, Алиса налила себе чаю, намазала хлеб маслом и повторила вопрос:

— Так зачем же они жили на дне колодца?

— Потому что он был полон варенья, — ответила, снова немножко подумав, Соня.

— Таких колодцев не бывает! — с досадой воскликнула Алиса.

— Тсс! Тсс! — остановил её Заяц.

А Соня обиженно проговорила:

— Если не умеешь себя вести, досказывай историю сама!

— Нет, пожалуйста, продолжайте, — начала упрашивать её Алиса. — Я не буду больше перебивать вас. Возможно, где-то и есть один такой колодец.

— Как же, *один*! — возмутилась Соня, однако продолжила свой рассказ: — Эти три маленьких сестрицы учились... учились рисовать.

— Что же они рисовали? — спросила Алиса, забыв о своём обещании не прерывать.

— Варенье, — ответила Соня, на этот раз без промедления.

— Мне нужна чистая чашка, — сказал Шляпник. — Поменяемся местами.

Сказав это, он встал и вышел из-за стола. Соня последовала за ним, Мартовский Заяц сел на её место, а Алиса очень неохотно пересела на место Мартовского Зайца. От такой перемены выиграл только Шляпник, а Алисе совсем не повезло, потому что Заяц только что опрокинул молочник на свою тарелку.

— Я только не понимаю, — осторожно начала Алиса, не желая обидеть Соню, — откуда они брали варенье?

— Ведь ты можешь черпать воду из колодца, — сказал Шляпник. — Почему же нельзя черпать из него варенье?

— Но ведь они жили на дне колодца! — сказала Алиса, не слушая Шляпника и обращаясь к Соне.

— Да, — ответила Соня, — на дне.

Этот ответ так смутил Алису, что она некоторое время слушала рассказ молча.

— Они учились рисовать, — продолжала между тем Соня, зевая и протирая глаза, потому что ей ужасно хотелось спать. — И рисовали они всё, что начинается на букву М.

— Почему же на М? — спросила Алиса, с нетерпением ожидая ответа.

— А почему бы и нет? — ответил Мартовский Заяц.

Алиса прикусила губу и замолчала.

Между тем Соня прикрыла глаза и начала подрёмывать. Шляпник ущипнул её так, что Соня даже взвизгнула и, проснувшись, продолжила свой рассказ:

— Которые начинаются на букву М, как например: мышь, мечта, маяк, множество... Ты знаешь, как рисуют «множество»?

— Если вы спрашиваете меня, — нерешительно проговорила Алиса, — то я не думаю...

— А не думаешь, так и молчи! — перебил её Шляпник.

Такая грубость была уже невыносима, и Алиса, вскочив с места, пошла к лесу. Соня тотчас же заснула, а остальные не обратили никакого внимания на уход Алисы, хотя она несколько раз оглядывалась — в надежде, что её позовут назад. Когда она оглянулась в последний раз, Шляпник и Мартовский Заяц, ухватив Соню, пытались засунуть её в чайник.

— Никогда больше не приду сюда! — сердито проговорила Алиса, идя по лесу. — Ничего глупее этого чаепития в жизни не видела...

Не успела она это сказать, как увидела дерево, в стволе которого была дверь.

«Как странно! Что это за дверь? — подумала Алиса. — Посмотрю-ка, что там за нею».

Отворив дверь, она вошла внутрь и очутилась в знакомом длинном узком зале со стеклянным столиком.

— Ну на этот раз я постараюсь ничего не забыть, — сказала она и, взяв золотой ключик, отперла маленькую дверку.

Потом она вынула из кармана кусочек гриба и принялась откусывать понемножку до тех пор, пока не стала ростом в фут, а затем пробралась в крошечный проход. Наконец-то ей удалось попасть в чудесный сад с прохладными фонтанами и клумбами ярких цветов!

VIII. Крокет у Королевы

Большой розовый куст рос у самого входа в сад. На нём распустились белые розы, но три садовника торопливо перекрашивали их в красный цвет. Алисе это показалось странным, и она подошла поближе.

— Будь осторожнее, Пятёрка! — сказал один садовник. — Ты меня всего забрызгал.

— Я не виноват, Двойка, — мрачно ответил Пятёрка. — Семёрка толкает меня под локоть.

— Правильно! — сказал, подняв голову, Семёрка, — всегда всё сваливай на других.

— Уж лучше бы ты помолчал! — воскликнул Пятёрка. — Я слышал, как Королева говорила, что тебе давно пора отрубить голову.

— А за что? — спросил Двойка.

— Это не твоё дело, — ответил Семёрка.

— Нет, это его дело, — возразил Пятёрка, — и скажу за что: за то, что он принёс повару луковицы тюльпанов вместо лука.

Семёрка бросил кисть.

— Такой несправедливости... — начал он, но вдруг замолчал, увидев Алису.

Его приятели оглянулись и тоже увидели девочку. Все трое низко поклонились.

— Скажите, пожалуйста, — робко спросила Алиса, — зачем вы красите эти розы?

Пятёрка и Семёрка молча взглянули на Двойку.

— Дело в том, — прошептал Двойка, — что здесь нужно было посадить куст красных роз, а мы по ошибке посадили белые. Если Королева узнает, она наверняка велит отрубить нам головы. Вот мы и спешим перекрасить их прежде, чем...

— Королева! Королева! — шепнул вдруг Пятёрка, который всё время тревожно озирался по сторонам.

Все три садовника тотчас упали ниц. Послышались приближающиеся шаги, и Алиса обернулась: ей не терпелось увидеть Королеву.

Впереди шли десять солдат с булавами. Солдаты были похожи на садовников — такие же четырёхугольные и плоские, с руками и ногами по углам. За ними шли попарно десять придворных, все разукрашенные бриллиантами. Потом следовали королевские дети — их было десять. Одежды их украшали гербы, вышитые червонным золотом. Они бежали, взявшись за руки и весело подпрыгивая. За детьми шли гости, по большей части Короли и Королевы. Белый Кролик тоже был тут. Он быстро и возбуждённо говорил, улыбался всему, что говорили другие, и прошёл мимо, не заметив Алису. Затем шёл Червонный Валет с пунцовой бархатной подушкой, на которой лежала корона Короля, и, наконец, замыкали эту блестящую процессию Король и Королева Червей.

Алиса не знала, надо ли ей последовать примеру садовников и упасть ниц.

«Нет, наверное, не нужно, — решила она. — Иначе зачем устраивать процессии, если все станут падать ниц. Ведь тогда никто ничего не увидит!»

Алиса продолжала стоять. Когда Король и Королева поравнялись с ней, все остановились, и Королева, обратившись к Червонному Валету, строго спросила:

— Кто это ещё?

Но он только поклонился и улыбнулся.

— Болван! — рявкнула Королева, гневно качнув головой. — Как тебя зовут, дитя? — обратилась она к Алисе.

— Меня зовут Алиса, Ваше Величество, — почтительно ответила та, но подумала про себя: «Да ведь это просто колода карт и мне их бояться нечего!»

— А это кто? — спросила Королева, указав на садовников, лежавших ничком под кустом роз.

Так как они лежали лицами вниз, а рубашки у всех карт в колоде одинаковы, то Королева и не могла понять, солдаты это или садовники, придворные или даже её собственные дети.

— Откуда я знаю, — ответила Алиса, сама удивляясь собственной смелости. — Это не моё дело!

Королева побагровела от гнева и, сверкнув на Алису глазами, гаркнула изо всех сил:

— Отрубить ей голову! Отру...

— Что за вздор! — громко сказала Алиса.

Королева опешила.

— Успокойся, моя дорогая, — робко проговорил Король, положив руку ей на плечо. — Ведь это всего лишь ребёнок!

Королева бросила на него сердитый взгляд и крикнула Валету:

— Перевернуть их!

Валет осторожно перевернул садовников ногой.

— Встать! — приказала Королева, и садовники, вскочив, стали отвешивать низкие поклоны Королю, Королеве, королевским детям и всем остальным.

— Довольно! — взвизгнула Королева. — У меня от ваших поклонов закружилась голова!.. Что это вы здесь делали? — прибавила она, показав на розовый куст.

— Осмелюсь доложить Вашему Величеству, — робко проговорил Двойка, опустившись на одно колено, — мы пытались...

— Всё ясно! — прервала его Королева, которая всё это время внимательно разглядывала розы. — Отрубить им головы!

Процессия двинулась дальше, остались только три солдата, чтобы привести в исполнение приговор над бедными садовниками. А те бросились к Алисе, умоляя её защитить их.

— Не бойтесь, вас не казнят! — пообещала Алиса и запрятала их в стоявший поблизости большой цветочный горшок. Солдаты походили туда-сюда, разыскивая осуждённых, но, не найдя никого, ушли.

— Ну что, отрубили им головы? — крикнула Королева.

— Пропали их головы, Ваше Величество! — дружно отрапортовали солдаты.

— Отлично! — гаркнула Королева. — Сыграем в крокет?

Так как солдаты молчали, вопрос, очевидно, относился к Алисе.

— Сыграем! — также громко ответила Алиса.

— Ну так пошли! — проревела Королева, и Алиса присоединилась к процессии, раздумывая, что же будет дальше.

— Какой сегодня... какой сегодня чудный день! — робко проговорил кто-то около неё.

Она оглянулась и увидела Белого Кролика, который шёл рядом и с беспокойством поглядывал на неё.

— Да, чудный, — ответила Алиса. — А где же Герцогиня?

— Тсс! Тсс! — прошептал Кролик и, поднявшись на цыпочки, шепнул Алисе на ухо: — Она приговорена к смерти!

— За что?

— Вы имеете в виду «Какая жалость»? — спросил Кролик.

— Вовсе нет, — отвечала Алиса, — мне её совсем не жаль. Я только спросила: «За что?»

— Она выдрала Королеву за уши... — начал Кролик.

Алиса, услыхав это, не могла удержаться от смеха.

— Тише! Тише! — остановил её Кролик, — Королева услышит вас! Видите ли, Герцогиня пришла слишком поздно, и Королева сказала ей...

— По местам! — прогремел голос Королевы, и все побежали в разные стороны, наталкиваясь друг на друга.

Наконец места были заняты и игра началась.

Никогда ещё не приходилось Алисе участвовать в такой странной игре. Крокетное поле было всё изрыто, шарами служили живые ежи, а молоточками — фламинго. В роли ворот выступали солдаты, которые сгибались для этого пополам и упирались руками в землю.

Алисе было особенно трудно справиться со своим фламинго. Иногда ей удавалось засунуть его под мышку, но когда она выпрямляла ему шею и хотела ударить им по ежу, фламинго оборачивался и с таким изумлением глядел на неё, что она не могла удержаться от смеха. А когда она вновь опускала ему голову, то почти каждый раз оказывалось, что ёж уже развернулся и тихонько семенит прочь. В тех редких случаях, когда Алисе удавалось толкнуть ежа и он начинал катиться, ему мешали попадавшиеся на дороге кочки, а изображавшие ворота солдаты разгибались и расходились в разные стороны. «Ах, как трудно играть так!» — сокрушалась Алиса.

Никто не соблюдал никаких правил, никто не дожидался своей очереди, и все постоянно ссорились и дрались из-за ежей. А Королева чуть не каждую минуту топала ногами и вопила:

«Отрубить ему голову! Отрубить ей голову!»

Алиса начинала беспокоиться. Положим, пока всё шло благополучно, но в любой момент Королева может велеть отрубить голову и ей.

«Что со мной будет? — размышляла она. — Здесь так любят рубить головы направо и налево! Удивительно, что ещё так много народу уцелело!»

Алиса начала уж подумывать о том, как бы потихоньку сбежать, как вдруг в воздухе показалось что-то странное. Приглядевшись, Алиса узнала улыбку Чеширского Кота.

«Слава богу! — подумала она. — Теперь у меня будет с кем поговорить».

— Ну, как дела? — спросил Кот, как только рот его полностью проявился.

Алиса подождала, когда появятся глаза, и кивнула.

«Говорить пока не стоит, — думала она, — нужно дождаться, когда покажутся уши или хотя бы одно ухо».

Через минуту появилась вся голова, и Алиса, опустив на землю фламинго, стала рассказывать про игру в крокет, очень довольная, что есть с кем побеседовать. Кот, похоже, решил, что головы будет вполне достаточно, и в воздухе ничего больше не проявилось.

— Здесь все играют неправильно, — жаловалась Алиса, — и так ссорятся и кричат, что не услышишь собственного голоса. Никаких правил не соблюдают! Вы не можете себе представить, как неудобно играть живыми птицами и ежами. Несколько минут тому назад мой ёж прошёл в ворота, и мне наверняка удалось бы крокировать ежа Королевы, но тот просто убежал!

— А как тебе понравилась Королева? — спросил Кот, понизив голос.

— Совсем не понравилась, — ответила Алиса. — Она очень...

Тут Алиса увидела Королеву, которая подошла совсем близко и прислушивалась.

— Очень хорошо играет, — докончила Алиса, — так что заранее знаешь, что придётся проиграть.

Королева улыбнулась и пошла дальше.

— С кем это ты разговариваешь? — спросил Король, подойдя к Алисе и с удивлением глядя на кошачью голову.

— Это мой друг Чеширский Кот, — ответила Алиса. — Могу я представить его Вашему Величеству?

— Мне он не нравится, — сказал Король. — Впрочем, он может поцеловать мне руку, если хочет.

— Совсем не хочу, — заметил Кот.

— Не говори дерзостей, — воскликнул Король, — и не гляди на меня так! — добавил он и спрятался за спину Алисы.

— А котам разрешается смотреть на королей, Ваше Величество, — сказала Алиса. — Я это где-то вычитала, но где именно, не помню.

— Всё равно нужно его удалить отсюда, — решительно сказал Король и крикнул проходившей мимо Королеве: — Милая, не могла бы ты удалить этого Кота?

У Королевы был только один способ устранять затруднения — и большие, и малые.

— Отрубить ему голову! — крикнула она, даже не взглянув на Кота.

— Я сам схожу за палачом! — с жаром предложил Король и убежал.

Через несколько минут с крокетного поля донеслись гневные крики Королевы. Алиса решила вернуться туда и продолжить игру, хотя ей очень не хотелось этого. Королева приговорила к смерти уже троих игроков за то, что они пропустили свою очередь, и Алиса боялась, что она велит отрубить голову и ей. Игра шла без всякого порядка, и Алиса никогда не знала наверняка, её теперь очередь или нет.

Однако делать было нечего, и она отправилась на поиски своего ежа.

Оказалось, что он подрался с другим ежом. «Вот сейчас бы и крокировать одного об другого!» — подумала Алиса. Единственное затруднение состояло в том, что её фламинго отправился на дальний конец поля и безуспешно пытался взлететь на дерево.

Когда Алиса поймала фламинго и вернулась за ежом, драка уже закончилась и ежи разбежались кто куда.

«Да и всё равно играть невозможно, — подумала Алиса, — ворота тоже куда-то разбрелись».

Она взяла фламинго под мышку, чтобы он опять не сбежал, и отправилась к Чеширскому Коту поболтать с ним ещё немножко.

Подойдя, Алиса с удивлением увидела большую толпу, окружившую Кота. Король, Королева и Палач горячо спорили о чём-то и кричали, не слушая друг друга; все остальные стояли молча и, похоже, были весьма встревожены.

Как только показалась Алиса, трое споривших обратились к ней, чтобы она их рассудила. Но так как они говорили все сразу, перебивая друг друга, Алиса не могла ничего понять.

Палач доказывал, что нельзя отрубить голову, которую не от чего отрубать, что никогда он такими делами не занимался и сейчас не собирается.

Король доказывал, что всё, имеющее голову, может быть обезглавлено, а палач говорит ерунду.

Аргументом же Королевы было то, что если Кот не будет казнён немедленно, то отрубят головы всем присутствующим. (Именно этот аргумент так удручающе подействовал на всех остальных участников игры.)

— Мне кажется, следовало бы переговорить с Герцогиней, — тихо проговорила Алиса, которой ничего больше не пришло в голову. — Ведь это её Кот.

— Герцогиня в тюрьме! Привести её сюда! — крикнула Королева Палачу, и тот помчался со всех ног.

Как только он убежал, голова Кота начала мало-помалу бледнеть, а когда Палач вернулся с Герцогиней, голова окончательно исчезла. Король и Палач стали метаться в поисках, а общество тем временем снова принялось за игру.

IX. История Поддельной Черепахи

— Ты не можешь себе представить, как я счастлива снова тебя видеть, милочка! — воскликнула Герцогиня. Она подхватила Алису под руку и увела с крокетного поля.

Алиса была рада, что на этот раз Герцогиня пребывала в хорошем расположении духа. «Наверное, в прошлый раз она была так раздражена из-за перца, — решила Алиса. — Когда я буду герцогиней, — сказала она себе, правда, не особенно на это рассчитывая, — я не позволю держать на кухне перец. Суп можно варить и без него. А то от перца все, похоже, становятся вспыльчивыми, — продолжала размышлять Алиса, очень довольная своим открытием. — От уксуса люди становятся кислыми, от горчицы — едкими, а от сладкого... дети становятся такими милыми, ну прямо сахарными! Если бы взрослые знали это правило, никто бы не скупился на сладости».

Задумавшись, Алиса совсем забыла про Герцогиню и вздрогнула, услышав её голос возле самого уха.

— Ты о чём-то задумалась, милочка? — спросила Герцогиня. — Трудно сейчас сказать, какую из этого мораль можно вывести, но, подумав немного, я тебе скажу.

— Может быть, никакой морали в этом нет, — решилась возразить Алиса.

— Полно, полно, дитя моё! Нет ничего на свете, что не заключало бы в себе морали. Главное — суметь её найти.

Говоря это, Герцогиня прижалась к Алисе.

Алисе не понравилось, что та так сильно прижимается к ней, потому что, во-первых, Герцогиня была слишком уродлива, а во-вторых, её острый подбородок упирался Алисе прямо в плечо. Однако, не желая показаться грубой, она молча терпела.

— Похоже, игра пошла веселее, — заметила Алиса, чтобы поддержать разговор.

— Да, именно так, — ответила Герцогиня. — И отсюда следует мораль: «Любовь, любовь, ты заставляешь мир вертеться!»

— А кто-то вроде бы говорил, — шепнула Алиса, — что Земля вертится быстрее, когда никто не вмешивается в чужие дела...

— Ну да! Но это ведь почти одно и то же, — сказала Герцогиня, продолжая вдавливать в плечо Алисы свой острый подбородок. — Из чего можно вывести следующую мораль: «Всё едино, что хлеб, что мякина».

«Как она любит во всём искать мораль!» — подумала Алиса.

— Ты, должно быть, удивляешься, что я не обнимаю тебя за талию, — продолжала Герцогиня. — Дело в том, что я не совсем уверена в характере твоего фламинго. Ведь он, пожалуй, рассердится. Или всё же попытаться?

— Он может ущипнуть, — осторожно заметила Алиса, которой совсем не хотелось, чтобы Герцогиня предпринимала подобные попытки.

— Да, правда, — согласилась Герцогиня. — И фламинго и горчица щиплются. Отсюда можно вывести новую мораль: «У всякой пташки свои замашки».

— Но горчица вовсе не птица, — сказала Алиса.

— Верно, как всегда! — воскликнула Герцогиня. — Какая ты умная!

— Горчица — это, кажется, минерал? — спросила Алиса.

— Конечно, минерал, — ответила Герцогиня, готовая, по-видимому, соглашаться со всем, что бы Алиса ни сказала. — Кстати, здесь рядом горчичные залежи. Отсюда мораль: «Лежи, да не залёживайся».

— Ах нет, я вспомнила! — воскликнула Алиса, не обратив внимания на слова Герцогини. — Горчица — вовсе не минерал, а овощ, хоть по ней и не скажешь.

— Совершенно верно, — опять согласилась Герцогиня. — И мораль отсюда следующая: «Всегда оставайся собой». Или, говоря проще: «Никогда не считай себя иной, чем если бы ты была иная, чем ты могла бы быть, если бы оказалась иной».

— Я разобралась бы в этом лучше, — очень вежливо сказала Алиса, — если бы записала всё это. А пока, боюсь, я не могу понять, о чём вы толкуете.

— Ах, это ещё пустяки по сравнению с тем, что я могла бы тебе порассказать, — ответила весьма польщённая Герцогиня.

— О, не утруждайте себя, пожалуйста!

— Никакого утруждения, дитя! — проворковала Герцогиня. — Я дарю тебе всё понятное и непонятное, сказанное мною нынче.

«Не очень-то дорогой подарок, — подумала Алиса. — Хорошо, что такие не дарят на день рождения». Но она не решилась повторить свои мысли вслух.

— Снова задумалась? — спросила Герцогиня и поглубже вонзила подбородок в Алисино плечо.

— Я имею полное право думать, — резко ответила Алиса, которой всё это страшно надоело.

— А свиньи имеют полное право летать, — сказала Герцогиня. — Выведем отсюда мо...

Но, к величайшему удивлению Алисы, она так и не сказала, в чём здесь мораль. Речь Герцогини оборвалась, а рука, сжимавшая руку Алисы, задрожала.

Алиса подняла глаза и увидела, что в нескольких шагах от них стоит, грозно нахмурившись и сложив руки на груди, Королева.

— Какая сегодня прекрасная погода, Ваше Величество! — проговорила Герцогиня еле слышно.

— Предупреждаю! — крикнула Королева, топнув ногой. — Если ты не исчезнешь сию же секунду, твоя голова исчезнет ещё быстрее! Выбирай!

Герцогиня выбрала — и в мгновение исчезла.

— Вернёмся к игре, — сказала Королева Алисе, которая была до того напугана, что, не сказав ни слова, молча последовала за ней.

Гости, воспользовавшись уходом Королевы, уселись отдохнуть в тени, но, увидев, что она возвращается, поспешили на крокетное поле. Королева между делом заметила, что за такое промедление можно и голову потерять.

Во время игры она постоянно ссорилась со всеми и то и дело выкрикивала: «Долой ему голову!» или «Долой ей голову!» Солдаты, изображавшие ворота, должны были брать под стражу всё больше осуждённых, и вор́от поэтому становилось всё меньше и меньше. Через полчаса на крокетном поле не осталось никого, за исключением Короля, Королевы и Алисы. Осуждённые лежали на земле в ожидании казни.

Наконец, запыхавшись от гнева и усталости, Королева остановила игру и спросила Алису:

— Видела ли ты Поддельную Черепаху?

— Нет, не видела, — ответила Алиса. — Я даже не знаю, кто это.

— Из неё делают поддельный черепаший суп.

— Никогда ничего подобного не видела и не слышала, — ответила Алиса.

— Пойдём. Она расскажет тебе свою историю.

Идя вслед за Королевой, Алиса услышала, как Король нагнулся к арестованным и, робко озираясь, тихонько проговорил:

— Вы все помилованы.

«Слава богу!» — подумала Алиса, которой было очень жаль несчастных, приговорённых Королевой к смерти.

Вскоре Королева и Алиса набрели на Грифона, крепко спавшего на солнышке.

— Вставай, лодырь! — крикнула Королева. — Отведи эту юную леди к Поддельной Черепахе. Пусть расскажет ей свою историю. А мне надо пойти проверить, как проходят казни.

И она ушла, оставив Алису с Грифоном.

Такое общество не очень-то порадовало Алису, но она рассудила, что, пожалуй, с Грифоном всё же безопаснее, чем с рассвирепевшей Королевой.

Грифон сел и протёр глаза. Как только Королева скрылась из виду, он усмехнулся и пробормотал:

— Вот потеха!

— Про что это вы говорите? — спросила Алиса.

— Про Королеву, — ответил Грифон. — Такая фантазёрка! Ведь сколько народу приговаривает к смерти, а никогда никого не казнят. Ну, идём!

«Все здесь только и знают, что говорить мне „ну, идём!“, — подумала Алиса, медленно шагая за Грифоном. — Никогда в жизни ещё мной так не командовали...»

Вскоре они увидели Поддельную Черепаху. Грустная и одинокая сидела она на небольшом выступе утёса. А когда они подошли ближе, Алиса услышала, что Черепаха вздыхает так тяжело, как будто сердце у неё разрывается на части. Алисе стало очень жаль её.

— У неё какое-то горе? — спросила она у Грифона.

— Никакого горя у неё нет, одни только фантазии! — ответил Грифон. — Идём!

Когда они подошли к Черепахе, она подняла на них большие, полные слёз глаза, но не произнесла ни слова.

— Вот этой юной девице невтерпёж услышать твою историю! — сказал Грифон.

— Хорошо, я расскажу ей, — ответила Черепаха глухим низким голосом. — Садитесь оба и не пророните ни слова до тех пор, пока я не закончу.

Все расселись, и наступило продолжительное молчание.

«Не понимаю, как она может закончить, — подумала Алиса, — если даже начать не в состоянии!»

Однако она всё-таки сидела и терпеливо ждала.

— Когда-то, — начала наконец Черепаха, глубоко вздохнув, — я была настоящей черепахой.

После этих слов снова наступило продолжительное молчание, прерываемое время от времени возгласом «иккрр!» и рыданием.

Алисе очень хотелось сказать: «Благодарю вас за ваш интересный рассказ!» — и уйти, но она продолжала сидеть в надежде услышать ещё что-нибудь.

— Когда мы были маленькими, — после долгого молчания Черепаха продолжала рассказ немного спокойнее, хотя время от времени всё-таки останавливалась и начинала рыдать, — мы ходили в морскую школу. Учитель наш был очень старый. Мы называли его сухопутной черепахой.

— Почему же, если он не был сухопутной черепахой? — спросила Алиса.

— Мы называли его так потому, что он двигался очень медленно, — сердито ответила Черепаха. — Какая ты бестолковая!

— Не стыдно тебе? — прибавил Грифон. — Таких простых вещей не понимаешь!

И они оба с такой укоризной уставились на бедную Алису, что она готова была провалиться сквозь землю.

— Ну давай, старушка! — сказал наконец Грифон, повернувшись к Черепахе. — Не век же нам тут сидеть!

— Мы ходили в морскую школу, — снова начала Черепаха, — хоть ты и не веришь этому, — тут она покосилась на Алису.

— Я никогда не говорила, что не верю, — возразила Алиса.

— Нет, говорила, — сказала Черепаха.

— Придержи свой язычок! — прибавил Грифон, прежде чем Алиса успела произнести хоть слово.

— Мы получали прекрасное образование, — продолжала Черепаха, — и ходили в школу каждый день...

— Я тоже ходила в школу каждый день, — заметила Алиса, — напрасно вы этим так гордитесь.

— А были у вас необязательные предметы? — с беспокойством спросила Черепаха.

— Были, — ответила Алиса. — Французский и музыка.

— И стирка?

— Конечно, нет! — возмущённо ответила Алиса.

— Ну, значит, твоя школа была так себе, — облегчённо вздохнула Черепаха. — А из нашей всегда присылали счёт с припиской: «Французский, музыка и стирка — за дополнительную плату».

— А зачем нужна стирка на дне моря? — удивилась Алиса.

— Не знаю, я не могла позволить себе этого предмета, — сказала Черепаха со вздохом. — Я обучалась только основным дисциплинам.

— И что это были за дисциплины? — поинтересовалась Алиса.

— Ну сначала мы выучились *чесать* и *пинать,* — ответила Поддельная Черепаха, — а затем учили всякие *рифметические* действия: *слежение, выметание, унижение и дерение.*

— Я никогда не слышала о *дерении*, — рискнула вставить Алиса. — Что это такое?

Грифон удивлённо поднял обе лапы:

— Что?! Никогда не слыхала о *дерении*! А выражение «Драть как сидорову козу» тебе знакомо?

— Да, — ответила Алиса с некоторым беспокойством.

— Ну вот, — продолжил Грифон, — а говоришь, не знаешь. Хватит уже дурочкой прикидываться!

Алиса решила, что ей не хочется углубляться в эту тему, и обратившись к Черепахе, спросила:

— А чему ещё вас учили?

— Ну ещё нас учили *ляпографии, тритонометрии* и *хроматике. Хроматику* преподавал нам старый хромой угорь, который приходил на уроки раз в неделю. А ещё он учил нас *истерии* — и древней и новейшей, и очень любил разъяснять всякие истерические повороты.

— И что это за повороты такие? — удивилась Алиса.

— Теперь уж я не смогу показать их тебе, — ответила Черепаха, — совсем закостенела, а Грифон этого и вовсе не проходил.

— Да, времени не хватило, — подтвердил Грифон. — Я изучал классическую литературу, а профессором у нас была старая Каракатица.

— Жаль, я не попала к ней на занятия, — вздохнула Черепаха. — Там изучали *отлынь* и *жреческий, Плафона* и *Стократа.*

— Так и было, так и было… — вздохнул теперь и Грифон.

И оба чудища завздыхали снова, обхватив головы лапами.

— А сколько часов в день вы учились? — поспешила сменить тему Алиса.

— В первый день — десять, во второй — девять… И так далее.

— Как странно! — сказала Алиса.

— Ничего странного, — возразил Грифон. — Это самая суть *пропадавания*: каждый день пропадает по часу.

Эта новая идея так изумила Алису, что некоторое время она сидела молча. Но потом всё же решилась спросить:

— Значит, в одиннадцатый день у вас был праздник?

— Конечно, — ответила Черепаха.

— А что же было в двенадцатый?

— Довольно об уроках! — сказал Грифон. — Расскажи-ка ей лучше про игры.

X. Кадриль омаров

Черепаха глубоко вздохнула, отёрла перепончатой лапой слёзы и взглянула на Алису. Но рассказ никак не мог начаться — Черепаху душили рыдания.

— Ей как будто попала кость в горло, — сказал Грифон и стал встряхивать Черепаху и колотить её по спине.

Наконец Черепаха немножко успокоилась и приступила к рассказу, хотя слёзы ручьями так и лились у неё из глаз.

— Ты, должно быть, редко бывала на дне моря? — спросила она Алису.

— Никогда не бывала, — ответила Алиса.

— И, может, даже никогда не была знакома с омарами?

— Однажды за обедом... — начала было Алиса, но спохватилась и быстро проговорила: — Никогда!

— Значит, ты не имеешь понятия о том, как красива кадриль омаров!

— Действительно, не имею, — сказала Алиса. — Как же её танцуют?

— Сначала, — сказал Грифон, — все становятся на берегу моря...

— Становятся в два ряда, — подхватила Черепаха, — черепахи, тюлени, лососи и все остальные. Затем, когда очистят дорогу от медуз, морских звёзд и им подобных...

— На что, конечно, уходит довольно много времени, — добавил Грифон.

— Затем расходятся по парам, — возбуждённо проговорила Черепаха.

— С омарами за кавалеров! — крикнул Грифон.

— Разумеется, — сказала Черепаха. — Подходят два раза к своим визави...

— Меняются кавалерами и возвращаются назад, — добавил Грифон.

— Потом кидают... — с жаром продолжила Черепаха.

— Омаров! — воскликнул Грифон, высоко подпрыгнув.

— Как можно дальше в море!

— Плывут за ними! — пронзительно закричал Грифон.

— Кувыркаются в воде! — воскликнула Черепаха, возбуждённо прыгая из стороны в сторону.

— Снова меняются омарами! — заревел Грифон.

— И возвращаются на берег. Это первая фигура, — сказала Черепаха, и голос её вдруг упал.

Оба они, и Грифон, и Черепаха, всё время прыгавшие, как безумные, стали грустны и, усевшись, молча глядели на Алису.

— Это, должно быть, очень милый танец, — помолчав, нерешительно проговорила Алиса.

— А хотелось бы тебе посмотреть на него? — спросила Черепаха.

— Ещё бы, — ответила Алиса.

— Протанцуем первую фигуру, — сказала Черепаха Грифону. — Можно обойтись и без омаров. А кто будет петь?

— Пой ты, — ответил Грифон, — я позабыл слова.

Они начали танцевать вокруг Алисы, то и дело наступая ей на ноги и выбивая такт передними лапами, а Черепаха медленно и грустно запела:

«Давай, улитка, поспешим, — мерлан проговорил. —
Плывущий позади дельфин весь хвост мне отдавил.
Черепахи и омары нас давно устали ждать,
Поторопимся на берег, чтобы вместе танцевать!
Ты ведь можешь? Ты ведь хочешь вместе с нами танцевать?

Ах, какое это счастье! Сбросят нас с обрыва в волны,
Мы умчимся к горизонту, радостью великой полны!»
Но улитка побледнела и смогла лишь прошептать:
«Нет, от берега мне страшно далеко так отплывать!
Не могу я! Не хочу я! Я не стану танцевать!

«А что такое далеко? Везде ведь есть земля!
Чуть отплывем от Англии — уж Франции края!
Не дрожи, моя улитка! Ни к чему нам унывать!
Поспешим скорей на берег, чтобы вместе танцевать!
Ты ведь можешь? Ты ведь хочешь вместе с нами танцевать?

— Благодарю вас, это было замечательно, — сказала Алиса, обрадовавшись, что танец, наконец, закончился. — Мне особенно понравился куплет о мерлане.

— Мерланов тебе, конечно, случалось видеть? — спросила Черепаха.

— Да, я часто видела их на обедах... — начала было Алиса, но вовремя остановилась.

— Ну, раз ты встречалась с мерланами на обедах, — продолжала Черепаха, — то отлично знаешь, как они выглядят.

— Пожалуй, — задумчиво согласилась Алиса. — Мерланы, по-моему, держат хвост во рту и бывают покрыты сухариками, то есть они у них на спинках.

— Ты ошибаешься, — сказала Черепаха, — сухариков на них нет. Ведь сухарики были бы смыты морскими волнами, но хвосты во рту они действительно держат и потому... — Черепаха вдруг зевнула и закрыла глаза. — Расскажи-ка ей, почему они это делают, расскажи подробно обо всём, — попросила она Грифона.

— Они держат хвост во рту, — пояснил Грифон, — чтобы плясать с омарами. Вот и выбросили их в море, вот и упали они далеко, описав дугу в воздухе, вот и зажали они крепко-накрепко хвост во рту, вот и трудно им бывает его выпустить... Вот и всё!

— Я никогда не слышала так много интересного про мерланов! — изумилась Алиса.

— Ох, а болтуны они какие! — прибавила Черепаха.

— Как болтуны? Рыбы ведь не умеют разговаривать.

— Так мерланы-то — родственники трески, вот и трещат без умолку. А как осетры острить начнут, да ерши ершиться, так хоть *каракул* кричи!

— Вы, наверное, хотели сказать хоть *караул кричи*? — рискнула спросить Алиса.

— Что хотела, то и сказала, — обиделась Черепаха.

— Ну хватит об этом! — прибавил Грифон. — Расскажи нам теперь о своих приключениях.

— Я могу рассказать только то, что произошло со мной сегодня, — ответила Алиса. — Про то, что было вчера, рассказывать нечего, потому что тогда я была совсем другая.

— Объясни-ка это, — попросила Черепаха.

— Нет, нет, сначала приключения! — нетерпеливо воскликнул Грифон. — На эти объяснения уйма времени всегда уходит!

Алиса начала рассказывать всё, что приключилось с ней с тех пор, как она впервые увидела Белого Кролика. Черепаха и Грифон подсели к ней поближе и так широко раскрыли глаза и пасти, что сначала Алиса немного испугалась, но вскоре осмелела и перестала обращать на это внимание. Слушатели спокойно ей внимали, пока она не дошла до того места в рассказе, где пыталась прочесть Гусенице стихотворение «Бодрый старик».

— Удивительно! — воскликнул Грифон, когда она закончила.

— Удивительно! — повторила Черепаха со вздохом. — Мне так хочется услышать эти стихи. Вели ей начать!

Черепаха взглянула на Грифона так, словно была уверена в его всемогуществе.

— Встань и прочти нам «Вот голос улитки», — произнёс Грифон с важностью.

«Как тут все любят командовать и заставлять меня читать стихи. В школе и то лучше», — подумала Алиса.

Она всё-таки встала и начала читать стихи, но голова её была до того полна кадрилью омаров, что она сама не знала, что говорит, и слова выходили очень странные:

Чу! голос Омара в пустыне вопит:
«Размяк я совсем от жары!
Без зонтика солнце меня иссушит,
Добраться б скорей до волны!»
В волнах кувыркается храбрый Омар,
Клешнями акулам грозит,
Но только завидит зубастую пасть,
Ныряет на дно и дрожит!

— Эти стихи в моём детстве звучали совсем иначе, — сказал Грифон.

— И я ничего подобного не слыхала, — заметила Поддельная Черепаха, — это какая-то несусветица.

Алиса молчала. Сидя на земле и обхватив руками голову, она с грустью размышляла, станет ли когда-нибудь её жизнь прежней.

— Стихи эти требуют объяснения, — настаивала Черепаха.

— Нет, обойдёмся без объяснений, — торопливо сказал Грифон, — продолжай! Мы ждём вторую строфу. Она начинается словами: «Я шёл мимо сада».

Алиса не посмела ослушаться, хотя чувствовала, что всё опять получится не так. Дрожащим голосом она начала:

Я шёл мимо сада, и видеть я мог,
Как утка с пантерой делили пирог.
Пантере досталась начинка и тесто,
А утка отмыла тарелку до блеска!
Тут вилку и ножик пантера взяла.
«А что на десерт?» — прорычала она.

— Зачем ты читаешь нам эту ерунду, раз всё равно ничего не можешь объяснить! — взвизгнула Черепаха.

— И правда, пора бы прекратить, — согласился Грифон к величайшему облегчению Алисы.

— Хочешь, мы станцуем вторую фигуру кадрили омаров, или, может, тебе хочется, чтобы Черепаха спела песенку? — спросил Грифон.

— Да, мне очень хотелось бы послушать пение Черепахи! — сказала Алиса с таким жаром, что Грифон немножко обиделся.

— Ну что ж, у каждого свой вкус. Давай, старушка, спой ей «Суп из черепахи»! — сказал он.

Черепаха глубоко вздохнула и прерывающимся от рыданий голосом запела:

О, чудный суп!
О, суп из черепахи!
Что может быть прекраснее его?
Кто уже сыт, и тот поесть захочет,
Лишь только мельком взглянет на него.
О, чу-у-дный су-у-п!
О, чу-у-дный су-у-п!
О, чудный суп!
Ничто с ним не сравнится!
Ничем нельзя нам заменить его!
Чтоб вволю этим супом насладиться,
Кто с радостью не отдал бы всего?
О, чу-у-дный су-у-п!
О, чу-у-дный су-у-п!

— Повтори припев! — воскликнул Грифон. Но только Черепаха начала повторять последние строки, как вдали послышался крик: «Суд начался!»

— Бежим! — крикнул Грифон и, схватив Алису за руку, помчался, не дожидаясь конца песни.

— Что за суд? — задыхаясь, спросила Алиса.

— Бежим! Бежим! — только и повторял Грифон.

Они побежали ещё быстрее, а ветер доносил до них стихающие слова грустной песни:

О, чу-у-дный су-у-п!
О, чу-у-дный су-у-п!

XI. Кто утащил пирожки?

Король и Королева Червей сидели на троне в большом зале, а все остальные карты, как и много разных птиц и зверей, толпились вокруг. Перед троном стоял закованный в цепи Червонный Валет. Возле Короля суетился Белый Кролик; в одной лапке он держал трубу, а в другой — свиток пергамента.

В центре зала стоял стол, а на нём — блюдо с пирожками. Пирожки так аппетитно выглядели, что Алиса сразу почувствовала себя проголодавшейся.

«Хоть бы поскорее кончился суд, — подумала она, — и всех угостили бы пирожками».

Но, честно говоря, Алиса не особенно на это рассчитывала и от нечего делать начала оглядываться по сторонам.

Она никогда не бывала в суде, но читала про него, поэтому ей было понятно, что здесь и как.

«Это судья, — подумала она, глядя на Короля, — потому что он в парике».

Судьёй был действительно сам Король. На нём был парик, а поверх парика ещё и корона. Парик Королю был совсем не к лицу, да и жарко в нём было. (Можете посмотреть на картинку, чтобы узнать, как это выглядело.)

«Вот это — скамья присяжных, — продолжала думать Алиса, — а эти двенадцать созданий (она назвала их созданиями, потому что тут были и зверьки, и птицы) наверняка присяжные заседатели, которые решат, что нужно сделать с подсудимым».

Слово «присяжные» Алиса несколько раз произнесла про себя и гордо огляделась по сторонам. Она была совершенно уверена, что немногие девочки её лет понимают, что оно означает. Конечно же, так оно и было.

Двенадцать присяжных усердно что-то писали на грифельных досках.

— Что это они пишут? — шёпотом спросила Алиса у Грифона. — Им ещё нечего записывать: ведь суд не начался.

— Они записывают свои имена, — шепнул Грифон. — Они боятся, что забудут их прежде, чем кончится разбирательство дела.

— Что за глупости! — громко воскликнула Алиса негодующим тоном, но тут же примолкла, так как Белый Кролик зашикал, а Король надел очки и стал тревожно оглядываться по сторонам.

Алиса увидела, что все присяжные пишут на своих досках: «Что за глупости». Она также заметила, что один из них не знает, как написать слово «глупости» и спрашивает у соседа. «К концу суда на досках будет ужасная путаница!» — подумала Алиса.

У маленького Билла-ящерицы (он тоже был в числе присяжных) ужасно скрипел грифель. Этого Алиса не могла вынести. Она подошла к Биллу сзади и, улучив момент, выхватила у него грифель. Проделала она это так ловко и быстро, что бедный маленький Билл даже не понял, куда подевался грифель. Билл стал писать пальцем, но, конечно же, никакого толку от этого не было, ведь на доске не оставалось следов.

— Герольд, прочитай обвинение! — повелел Король.

Белый Кролик торжественно поднял трубу, протрубил три раза и, развернув свиток пергамента, прочитал:

Королева Червей испекла пирожки
И на стол положила их все,
А Червонный Валет утащил их к себе,
И не могут найти их нигде!

— Ну, каков будет приговор? — обратился Король к присяжным.

— Нет-нет, ещё не время для приговора! — поспешил вмешаться Белый Кролик. — Сначала нужно допросить свидетелей.

— Позвать первого свидетеля! — приказал Король, и Кролик, трижды протрубив, выкрикнул: «Первый свидетель!»

Первым свидетелем оказался Шляпник. Он подошёл, держа в одной руке чашку с чаем, в другой — ломоть хлеба с маслом.

— Прошу прощения, Ваше Величество! — сказал он. — Я не успел закончить чаепитие, когда за мной прислали.

— Следовало бы закончить, — заметил Король. — А когда же ты начал?

Шляпник поглядел на Мартовского Зайца, который стоял около него под ручку с Соней.

— Кажется, четырнадцатого марта, — ответил он.

— По-моему, пятнадцатого, — возразил Мартовский Заяц.

— А по-моему, шестнадцатого, — добавила Соня.

— Запишите показания, — велел Король присяжным, и те торопливо записали все три числа, сложили их, а сумму перевели в шиллинги и пенсы.

— Сними свою шляпу! — приказал Шляпнику Король.

— Она не моя, — ответил Шляпник.

— Так шляпа украдена! — воскликнул Король, обернувшись к присяжным, которые тотчас же заскрипели грифелями.

— Я продаю шляпы, — пояснил Шляпник. — А своих у меня нет — я ведь Шляпник.

Тут Королева надела очки и стала так пристально глядеть на Шляпника, что тот побледнел и беспокойно задёргался.

— Что ты можешь сказать по этому делу? — спросил Король. — И не крутись, а не то я велю тут же казнить тебя!

Слова эти, похоже, нисколько не ободрили свидетеля. Он переступал с ноги на ногу, с тревогой поглядывал на Королеву и был до того смущён, что откусил кусок чашки вместо бутерброда.

В эту минуту Алиса вдруг почувствовала, что с ней происходит что-то странное. Сначала она не могла понять, что происходит, но через несколько минут догадалась, что опять начинает расти. Алиса хотела встать и уйти, но передумала, решив оставаться до тех пор, пока будет тут помещаться.

— Не могла бы ты не вдавливать меня в стенку, — попросила Соня, сидевшая рядом. — Я так и задохнуться могу!

— Я не виновата, — кротко ответила Алиса, — я расту.

— Ты не имеешь права расти здесь! — возмутилась Соня.

— Не говорите глупостей! — ответила Алиса смелее. — Ведь и вы растёте.

— Да, но я расту в разумных пределах, — сердито возразила Соня, — а не с такой скоростью, как ты!

Надувшись, она поднялась и отправилась искать себе место поспокойнее.

Королева всё ещё не спускала глаз со Шляпника, и не успела Соня пересесть, как она выкрикнула:

— Принести список всех, кто пел на последнем концерте!

Услышав это, несчастный Шляпник так затрясся, что с него свалились оба башмака.

— Давай показания, — с досадой повторил Король, — а не то я велю казнить тебя! Можешь вертеться сколько хочешь, всё равно не вывернешься!

— Я человек бедный, Ваше Величество, — дрожащим голосом начал Шляпник, — и я начал пить чай с неделю тому назад или около того... А хлеб так зачерствел, что и не откусишь, чай...

— Да чай-то не кусают, а пьют! Хватит с меня твоих глупостей! Говори по существу!

— Я человек бедный, — повторил Шляпник. — Начал я пить чай, а тут Мартовский Заяц и говорит...

— Я ничего не говорил, — торопливо прервал его Заяц.

— Нет, говорил, — настаивал Шляпник.

— Я отрицаю это! — воскликнул Мартовский Заяц.

— Хватит уже об этом, раз он всё отрицает! — сказал Король.

— Ну, стало быть, Соня сказала, — продолжил Шляпник, тревожно оглядываясь и опасаясь, что и Соня отречётся от своих слов. Но Соня ничего не отрицала, потому что давно уже сладко спала.

— После этого, — продолжал Шляпник, — я отрезал ломоть хлеба, намазал его маслом...

— А что же сказала Соня? — спросил один из присяжных.

— Этого я уже не помню, — ответил Шляпник.

— Обязан вспомнить, — рассердился Король, ударив кулаком по столу, — иначе будешь казнён!

Несчастный Шляпник, выронив чашку и хлеб с маслом, упал на колени.

— Я бедный человек, Ваше Величество! — опять повторил он.

— И у тебя бедный словарный запас! — заметил Король.

Тут одна морская свинка зарукоплескала, но её выступление сейчас же было подавлено. (Надо вам объяснить, как это происходило: судейские засунули морскую свинку вниз головой в большой парусиновый мешок, а потом сели на него сверху.)

«Я очень рада, что увидела, как это делается, — подумала Алиса. — Приходилось читать в газетах: “Была сделана попытка выразить одобрение, но судебная полиция жестоко её подавила”. Теперь я буду знать, что это означает».

— Стой твёрдо на своих показаниях, если ты в них уверен, — продолжал Король.

— Трудно, Ваше Величество, — возразил Шляпник, — стоять на показаниях: ведь я уже стою на полу!

Тут другая морская свинка зарукоплескала и сразу же была подавлена.

«С морскими свинками покончено, — подумала Алиса, — может, хоть теперь дело пойдёт живее».

— Могу я теперь вернуться к своему чаю? — спросил Шляпник, с беспокойством поглядывая на Королеву, читающую список певцов.

— Можешь идти, — разрешил Король, и Шляпник пулей бросился из зала, не успев даже надеть башмаки.

— И отрубите ему голову по дороге! — крикнула Королева солдатам, но Шляпника уже и след простыл.

— Позвать второго свидетеля! — приказал Король.

Оказалось, что это не свидетель, а свидетельница

— Кухарка Герцогини. Она держала в руке баночку с перцем. Алиса догадалась, что в баночке перец, потому что как только Кухарка вошла, все сидевшие возле двери принялись чихать.

— Давай показания! — велел Король.

— Вот ещё, — ответила Кухарка.

Король с беспокойством взглянул на Белого Кролика, который поспешно шепнул ему на ухо:

— Вы должны устроить свидетельнице перекрёстный допрос, Ваше Величество.

— Что ж, можно и перекрёстный, — грустно проговорил Король. Он перекрестил руки на груди и, скосив глаза к переносице, спросил глухим низким голосом: — Из чего делаются сладкие пирожки?

— В основном из перца, — ответила Кухарка.

— Из варенья, — проговорил сзади неё сонный голос.

— Гоните в шею эту Соню! — пронзительно завопила Королева. — Отрубите ей голову! Выдворите её из зала! Ущипните её! Отрежьте ей усы!

Поднялась страшная суматоха. Несчастную Соню теребили и тащили в разные стороны, а когда все наконец уселись на свои места, выяснилось, что Кухарка исчезла.

— Не беда! — обрадовался Король. — Позвать следующего свидетеля! — и, нагнувшись к Королеве, тихо прибавил: — Дорогая, продолжи допрос сама, а то у меня от всего этого уже голова кругом!

Белый Кролик стал просматривать список свидетелей.

«Интересно, кого же он теперь вызовет? — думала Алиса. — От первых двух свидетелей никакого толку не было».

Представьте же себе её изумление, когда Белый Кролик пронзительно выкрикнул: «Алиса!»

XII. Показания Алисы

— Здесь! — крикнула Алиса.

Совсем забыв, как сильно она выросла в последние несколько минут, Алиса стремительно вскочила с места, задев при

этом скамью присяжных. Скамья опрокинулась, и присяжные попадали на головы сидящей внизу публики.

Неделю тому назад Алиса нечаянно опрокинула аквариум с золотыми рыбками, и барахтавшиеся на полу присяжные очень напомнили ей этих рыбок.

— Извините, пожалуйста! — испуганно воскликнула она и начала торопливо поднимать присяжных. Она всё не могла забыть про случай с аквариумом и боялась, что если она как можно скорее не усадит присяжных обратно на скамью, они могут погибнуть, как выброшенные из воды рыбки.

— Допрос свидетелей, — сказал Король, — не начнётся до тех пор, пока все присяжные не будут сидеть на своих местах. И как следует сидеть! — прибавил он с ударением, строго взглянув на Алису.

Она посмотрела на скамью присяжных. Оказалось, что второпях она усадила бедного маленького Билла вниз головой. Он никак не мог перевернуться и грустно помахивал хвостиком. Алиса подняла его и поскорее усадила, как положено.

«Хотя разница невелика, — подумала она про себя. — Что вниз, что вверх головой — толку от него никакого».

Когда присяжные слегка опомнились после падения и получили свои доски и грифели, они принялись лихорадочно записывать только что случившееся с ними неприятное происшествие. Один лишь Билл всё никак не мог прийти в себя и, разинув рот, глядел в потолок.

— Что ты знаешь по этому делу? — спросил Король.

— Ничего, — ответила Алиса.

— *Решительно* ничего? — настаивал Король.

— Решительно ничего.

— Это очень важно, — сказал он, обратившись к присяжным.

Они уже начали записывать это на своих досках, когда вмешался Белый Кролик.

— Вы, должно быть, хотели сказать, что это НЕважно, Ваше Величество? — проговорил он почтительно, но при этом хмурился и подавал Королю какие-то знаки.

— Да, конечно, я хотел сказать «НЕважно», — согласился Король и несколько раз повторил вполголоса: — «Важно — неважно, важно — неважно», — как будто прислушиваясь и стараясь решить, какое слово звучит лучше.

Некоторые присяжные написали «важно», другие — «неважно». Алиса видела это, так как стояла рядом. «Всё равно нет никакой разницы, что бы они ни написали!» — подумала она.

Вдруг Король, торопливо строчивший что-то в большой книге, крикнул:

— Тишина! Правило 42-е: «Те, кто больше мили ростом, должны немедленно удалиться из зала суда».

Все тотчас же взглянули на Алису.

— Во мне нет мили, — сказала она.

— Нет, есть, — возразил Король.

— В тебе почти две мили, — прибавила Королева.

— И всё равно никуда я удаляться не буду! — сказала Алиса. — Да и само правило ненастоящее: вы только что его придумали!

— Это самое древнее правило в этой книге, — возразил Король.

— В таком случае оно должно стоять первым номером, а не сорок вторым, — парировала Алиса.

Король побледнел и быстро захлопнул книгу.

— Идите совещаться, — тихо, дрожащим голосом велел он присяжным.

— Ещё рано, Ваше Величество! — вскочил с места Белый Кролик. — Нужны новые доказательства. Смотрите: только что принесли ещё один важный документ.

— Что там написано? — спросила Королева.

— Я ещё не распечатал его, — ответил Белый Кролик, — но, по-видимому, это письмо, которое подсудимый написал кому-то.

— Ясное дело, кому-то, — заметил Король. — Если бы он написал письмо никому, вот это было бы странно.

— Кому же адресовано письмо? — спросил один из присяжных.

— Никому, — Белый Кролик развернул бумагу и прибавил: — Да это совсем не письмо, это стихи.

— А почерк — подсудимого? — спросил другой присяжный.

— Нет, не его, — ответил Белый Кролик. (Присяжные при этом смутились и стали озабоченно переглядываться.)

— Он, очевидно, подделал чужой почерк, — заметил Король. (Присяжные вновь просияли.)

— Я не писал этих стихов, Ваше Величество, — сказал Червонный Валет, — и никто не докажет обратного. Ведь там не стоит моя подпись.

— А это только доказывает твою вину, — парировал Король. — Если б ты не замышлял ничего дурного, то, конечно, подписался бы, как все порядочные люди делают.

Раздались аплодисменты: это были, пожалуй, первые разумные слова, произнесённые сегодня Королём.

— Да, это решительно доказывает его вину, — прибавила Королева.

— Это абсолютно ничего не доказывает, — возразила Алиса. — И даже неизвестно, что это за стихи.

— Прочитайте стихи! — приказал Король.

Белый Кролик надел очки.

— Откуда мне начать, Ваше Величество? — спросил он.

— Начни с начала, — важно проговорил Король, — и читай, пока не дойдёшь до самого конца. Там и остановись.

Среди воцарившейся тишины Белый Кролик начал читать:

Слышал я, что вчера заходили вы к ней
И сказали ему про себя.
«Не умеет он плавать, хоть всем бы хорош», —
Говорила она про меня.

Он послал им сказать, что меня не видал,
Что жалеет он очень о том...
Если дальше пойдёт так же дело у ней,
Что же с вами-то будет потом?

Я им отдал один, они дали мне два,
Получили они все свои.
К ним вернулись потом и последние два —
Те, что были сначала мои.

Если я иль она попадёмся теперь,
Если в это запутают нас,
Постарайтесь помочь им и выручить их,
Вся надежда её лишь на вас.

А ведь я полагал, что считала она,
До того, как припадок с ней был,

Вас опасным врагом и его, и своим,
И ещё её гнев не остыл.

Но того, что она им желает помочь,
Он не должен узнать никогда.
Эту тайну нельзя открывать никому —
Мы её сохраним навсегда.

— Это самое важное доказательство из всех! — сказал, потирая руки, Король. — А потому присяжные могут теперь...

— Я готова дать четвертак тому, кто объяснит мне, что значит это стихотворение! — выкрикнула Алиса, которая выросла уже настолько, что не побоялась перебить Короля. — В нём нет никакого смысла.

Присяжные сейчас же записали: «Она говорит, что в нём нет никакого смысла».

— Тем лучше, — ответил Король, — значит, нам не нужно будет доискиваться до него... Хотя... — продолжал он, развернув бумагу на коленях и глядя в неё, — в нём есть некоторый смысл... «Не умеет он плавать...» Умеете вы плавать, подсудимый?

Валет грустно покачал головой.

— Разве такие, как я, плавают? — проговорил он. (И действительно — как ему плавать, он ведь был картонным.)

— Вот видите! Значит, всё верно, — сказал Король, просматривая стихотворение дальше. — «Если дальше пойдёт так же дело у ней...» — это, наверное, про Королеву. «Что же с вами-то будет потом?» Интересно бы знать что... «Я им отдал один, они дали мне два» — это, разумеется, говорится про украденные пирожки.

— Но ведь дальше сказано: «Получили они все свои!» — возразила Алиса.

— Так оно и есть, вот они! — Король торжественно показал на блюдо с пирожками. — Это ясно, как день... «До того, как припадок с ней был...» Ведь у тебя, кажется, не было припадка, душенька моя? — спросил он у Королевы.

— Никогда! — гневно крикнула Королева, бросив чернильницей в Билла.

Бедный маленький Билл уже давно перестал писать на доске пальцем, догадавшись, что это бесполезно. Но теперь, когда чернила текли у него с мордочки, он, макая в них палец, снова взялся за письмо.

— Значит, слова эти не относятся к тебе, — сказал Король и прибавил чуть не в двенадцатый раз за день: — А теперь пусть присяжные идут совещаться.

— Нет! Нет! — крикнула Королева. — Сначала пусть объявят приговор, а потом уж совещаются.

— Разве можно сначала объявлять приговор, а потом совещаться?! — возмутилась Алиса.

— Молчать! — гаркнула Королева, побагровев.

— А я не боюсь, — заявила Алиса, — и молчать не буду!

— Казнить её! — во всё горло завопила Королева.

Никто не тронулся с места.

— Неужели вы думаете испугать меня? — воскликнула Алиса, которая теперь была своего обычного роста. — Ведь вы просто колода карт и ничего больше!

Вдруг все карты поднялись в воздух и полетели Алисе в лицо. Она вскрикнула — не то от гнева, не то от ужаса — и... проснулась! Голова её лежала на коленях сестры, которая осторожно смахивала с её лица сухие листья, упавшие с высокого дерева.

— Проснись, дорогая! — сказала сестра. — Как долго ты спала.

— Ах, какой удивительный сон я видела! — воскликнула Алиса и рассказала сестре про все чудеса, какие привиделись ей во сне.

Когда она закончила, сестра поцеловала её и сказала:

— Это действительно удивительный сон!.. Ну а теперь беги скорее пить чай — уже давно пора.

Алиса побежала домой, на бегу думая о том, какой странный сон она видела. А сестра продолжала сидеть, подперев щёку рукой и глядя на заходящее солнце, и думала о необыкновенных приключениях, которые приснились Алисе.

Потом она прикрыла глаза, и ей показалось, что она сама тоже видит сон.

Сначала она думала об Алисе. Она чувствовала её маленькие ручки у себя на коленях, слышала её голос, смотрела в её ясные глазки, видела, как она по обыкновению встряхивает головой, чтобы откинуть волосы со лба. И в то же время ей казалось, что всё вокруг неё вдруг ожило. Все, кого видела Алиса во сне, были теперь здесь.

...Высокая трава шелестела под лапками спешившего куда-то Белого Кролика. Слышался лёгкий плеск воды — это Мышка плыла к берегу. Громко звенели чашки Мартовского Зайца и его приятеля, никогда не прекращавших пить чай. Раздавался пронзительный голос Королевы, кричавшей, чтобы отрубили кому-то голову, ребёнок-поросёнок чихал, сидя на руках у Герцогини, тарелки и блюда летали и разбивались вдребезги. А издали доносились крик Грифона, скрип грифеля маленького Билла, сдавленный вопль морской свинки, которую засовывали в мешок, и отчаянные рыдания несчастной Черепахи.

Алисина сестра продолжала сидеть с закрытыми глазами, наполовину веря, что и сама очутилась в волшебной стране, хотя знала, что стоит ей открыть глаза и всё тотчас же исчезнет: трава будет шелестеть только от ветра; плеск воды послышится, когда её коснутся качающиеся ветви прибрежных кустов; звон чашек превратится в звон колокольчиков пасущегося стада, а крик Королевы — в покрикивания пастуха; чиханье ребёнка, скрип грифеля маленького Билла и все другие звуки превратятся в смешанный гул, доносящийся с фермы, а рыдания Черепахи — в далёкое мычание коров.

Потом она стала думать о том, как её маленькая сестрёнка вырастет и станет взрослой, но у неё останется такое же доброе и любящее сердце. Она будет собирать вокруг себя детей и, чтобы доставить им удовольствие и заставить их глазки блестеть, станет рассказывать им разные волшебные истории. А может быть, она расскажет им о своих приключениях в Стране чудес, которые видела во сне, когда сама была ребёнком. Она будет сочувствовать их маленьким горестям и радоваться их невинным радостям, вспоминая своё собственное детство и счастливые летние дни.

К О Н Е Ц

Printed in Poland
by Amazon Fulfillment
Poland Sp. z o.o., Wrocław

79020472R00061